El estado de la unión

Nick Hornby

El estado
de la unión

Un matrimonio en diez partes

Traducción de Jaime Zulaika

EDITORIAL ANAGRAMA
BARCELONA

Título de la edición original:
State of the Union. A Marriage in Ten Parts
Penguin Books
Londres, 2019

Ilustración: Eva Mutter a partir de un dibujo de © Elena Kalinicheva

Primera edición: junio 2023

Diseño de la colección: Julio Vivas y Estudio A

© De la traducción, Jaime Zulaika, 2023

© Nick Hornby, 2019

© EDITORIAL ANAGRAMA, S. A., 2023
   Pau Claris, 172
   08037 Barcelona

ISBN: 978-84-339-0627-4
Depósito legal: B. 5630-2023

Printed in Spain

Romanyà Valls, S. A.
Verdaguer, 1, 08786 Capellades (Barcelona)

Primera semana
Maratón

Cuando llega Louise, Tom ya se ha bebido media pinta y está haciendo el crucigrama críptico del *Guardian*.

–Hola –dice Louise.

–Ah –dice Tom–. Hola. Te he pedido una copa.

–Gracias.

Louise la coge y da un sorbo.

–Gracias por venir –añade ella.

–Oh, de nada.

–¿Llevas aquí mucho tiempo?

–No, no –dice él–. Esta es la cuarta.

Louise parece alarmada.

–En realidad no es la cuarta.

–Uf, menos mal.

Ella suelta una risita desganada.

–Pero es la segunda.

–Puedes tomarte dos. Pero ¿luego no querrás ir a hacer pis?

–Eso espero. Y tardaré todo lo que pueda.

–Pero entonces parecerá que has ido a hacer caca.

–Oh, joder. Entonces avisaré desde el principio de que nunca puedo cagar fuera de casa.

Louise muestra buena voluntad con otro ruido que pretende mostrar que se divierte.

–Creo que dijera lo que dijese hoy, te reirías –dice Tom–. Dentro de lo razonable.

–Bueno. No pongamos a prueba esa teoría.

–Solo que…, ¿qué es lo razonable? Ahí hay un tema de conversación.

–Seguramente tenemos suficientes sin rebuscar en la historia de la filosofía occidental –dice Louise.

–Es verdad. ¿Quién era el filósofo de la razón? Yo diría que Kant. Quiero decirlo y lo diré: Kant. Ya está. Ya lo he dicho. ¿Lo compruebo?

Saca el móvil.

–No, por favor. Solo tenemos unos minutos.

–¿Seguro? No tardaré ni un segundo.

–Seguro. Pero gracias. ¿Los niños se han portado bien? ¿Se acordaba Christina de que hoy se quedaba hasta tarde?

–Todo bien –dice Tom–. A Dylan le han castigado otra vez.

–Oh, mierda. ¿Y ahora por qué?

–Estaba imitando a alguien del que nunca he oído hablar en Geografía.

–Qué idiota. ¿Hablamos de…?

–En serio, literalmente nunca había oído hablar de él –dice Tom–. Un youtuber, un zarrapastroso... ¿Quién sabe? Y Otis se sentía «un poco mejor» cuando me he ido. Sorpresa, sorpresa.

–¿Estás intentando matar el tiempo?

–Un poco sí, supongo. Estoy nervioso.

–Lo siento –dice Louise–. De no ser por mí no estaríamos aquí.

–No.

Louise lo mira.

–¿No, sin más?

–Sí. No, sin más. De no ser por ti no estaríamos aquí. Una triste verdad.

–¿No asumes ni una pizca de responsabilidad?

–No –dice Tom–. ¿Por qué?

–Porque..., porque el camino que nos ha conducido hasta aquí ha sido largo y difícil. ¿No crees?

–Bueno. Depende de cómo lo mires. Está el camino largo y difícil, y está... la línea recta.

–Llévame por tu línea recta –dice Louise.

–Te acostaste con otro y aquí estamos.

Louise da otro sorbo de su copa y luego respira hondo.

–Pero la cosa da un poquito más de sí, ¿no? –dice.

–Entonces ¿qué camino sigues tú?

–¿Recto o no recto?

–Recto.

–Bueno. Dejaste de acostarte conmigo y empecé a acostarme con otro.

–Esa... Esa es una versión muy corta. Y muy burda, si me permites decirlo.

11

–Bueno, en realidad mi versión es más larga que la tuya –dice Louise.

–La mía explica por qué estamos aquí. La tuya es una historia parcial del largo desastre que vino antes.

Louise suspira y trata de ordenar sus ideas.

–Sí –dice–. Cometí un error. Pero...

–¿Puedo aclarar algo? ¿Cuántos errores hubo en total?

–Bueno. Uno.

–Uno.

–Sí. Depende de cómo lo definas.

–Defínelo del modo que nos dé el número más alto. Para que yo sepa de qué estamos hablando.

–El número más alto serían cientos.

–Dios santo –dice Tom.

–Por todas las minúsculas decisiones que condujeron al gran error.

–Oh. No. No me interesan las decisiones minúsculas. Tenemos que irnos dentro de cinco minutos.

–Entonces uno.

–Pero cuando has dicho «Depende de cómo lo definas»...

–Podrías definirlo como una sola aventura –dice Louise–. O podrías definirlo como cuatro errores.

–¿Es decir?

–El error original repetido tres veces.

–Me he perdido. ¿Cuántas veces te acostaste con ese tío?

–Cuatro.

–No tres, entonces.

–No. Un error y tres repeticiones del error original. Digamos que el primero fue el pecado original y los otros tres son duplicados.

–Cuatro veces. Cuatro veces no se pueden considerar accidentales. En realidad ya sería difícil considerar accidental una sola.

Se ríe de su propia broma, y dice:

–A ver, ¿cómo va la cosa?

–Te lo he dicho. Tuve una aventura. ¿No te consuela que solo fueran cuatro veces, no cuarenta?

–Pues no, la verdad. En cuanto lo has hecho cuatro veces podrías hacerlo cuarenta.

–Creo que, si hubieran sido cuarenta, esta conversación sería distinta.

–Sí. Habría un montón de cuarentas en lugar de cuatros.

–Ya sabes lo que quiero decir –dice Louise–. Cuarenta significaría que habría durado…

Su voz se va apagando.

–¿Podrías acabar la frase? ¿Cuánto tiempo habrías necesitado para llegar a cuarenta?

–Esta conversación es absurda.

–Solo querría un tiempo aproximado. Para calcular la frecuencia y también el número.

–¿Por qué?

–Por comparar.

–No se puede comparar. Es como comparar un sprint con un maratón.

–¿Y el maratón somos nosotros?

–Por supuesto –dice Louise–. Estamos casados y tenemos hijos.

–Solo que no sabíamos lo que iba a pasar cuando empezamos a acostarnos. No controlamos el ritmo. No dijimos: «Más vale ir despacio para que nos quede algo dentro de quince años».

–Escucha. Esas cuatro veces ocurrieron en unas pocas semanas. Nuestras primeras cuatro veces ocurrieron en unos pocos días.

Tom parece complacido.

–Pero ¿adónde nos lleva esto? –dice ella–. ¿Cuánto tiempo tardaremos en llegar a cuatro veces desde aquí?

–¿Qué significa «aquí»?

–Aquí. Ahora. Cuando ya no nos acostamos nunca.

–Bueno. Por seguir con la analogía deportiva...

–Por mí tampoco es que haga falta...

–En este momento –dice Tom– somos Usain Bolt lesionado. Con una lesión en la ingle, si quieres.

–¿Los dos somos Usain Bolt, no solo tú?

–En el plano sexual, nuestra relación es Usain con una lesión en la ingle. Se ha parado. Pero en cuanto se reponga llegaremos a cuatro veces enseguida.

Louise se mira el reloj.

–Nos quedan menos de cinco minutos. Deberíamos establecer un orden del día donde no hubiera corredores olímpicos.

14

—En mi orden del día está: ¿por qué te acostaste con otro?

—Me temo que para responder a esa pregunta tenemos que responder muchas otras.

Tom suspira, cansado.

—¿En serio?

Le distrae algo al otro lado de la ventana.

—Mira. Acaban de salir.

Otra pareja ha salido de la casa en la acera de enfrente.

—¿Ves la casa desde aquí?

—Es la de la puerta verde —dice Tom—. A esos dos les han dado una buena sesión de terapia de pareja. Parecen traumatizados.

—Están jodidísimos.

—¿Jodidísimos en el sentido de exhaustos? ¿O en el de que su relación no tiene futuro?

—Las dos cosas —dice Louise—. Mira. Ella lo va a matar.

La pareja pasa por delante del pub y se pierde de vista.

—¿Es eso lo que queremos? —dice Tom—. ¿Joder totalmente nuestra relación? Quiero decir, no es como si ya no quedara nada en pie.

—No, desde luego que no.

—Para empezar, tenemos dos niños.

—Exactamente. Y...

—Crucigramas —dice Tom, esperanzado—. *Juego de tronos.*

–Sí. Cuando la dan.

–Así que nosotros, en realidad… No sabía que nuestro matrimonio fuese uno de esos en los que hace falta hurgar.

–¿«Hurgar»? –dice Louise.

–Supongo que es una metáfora médica.

–Pues es buena. Si te abrieran en canal y descubrieran que te está consumiendo un cáncer, ¿pedirías que te cosieran de nuevo?

–Sabes que no me gusta hablar del cáncer. ¿No puede ser el ébola?

–¿Preferirías tener ébola que cáncer?

–Es más difícil pillar ébola viviendo en Kentish Town.

–Sí –dice Louise–. Pero la metáfora implica que ya lo has pillado. No que te has librado. Si hubiéramos conseguido evitar todas las enfermedades conyugales, ahora no estaríamos aquí sentados.

–Vale. De acuerdo. Cáncer.

–Entonces ¿te gustaría que volvieran a coserte y te mandaran a casa?

–Supongo que depende de lo grave que fuera.

–Bueno, es por eso por lo que están hurgando. No pueden opinar sin examinarlo.

–Y esa es la razón por la que nunca voy al médico.

–Lo cual nos lleva al punto de partida. No quieres hablar con nadie de nuestro matrimonio. Si

16

se muere, prefieres enterarte porque de repente se desploma.

–Pues sí –dice Tom–. Tú eres gerontóloga. Lo sabes todo sobre buenas muertes. Palmarla de golpe tiene que ser la mejor, ¿no?

–Pero eso es un infarto. Un matrimonio nunca muere de repente. Siempre lleva un tiempo enfermo antes de estirar la pata.

–Oh, joder.

–Creo que lo que estoy diciendo, en términos médicos, es que o lo dejamos estar y nos mata, o vamos a que nos examinen.

Vuelve a mirar el reloj.

–¿De acuerdo? –dice.

Tom asiente, como si hubiera recuperado la determinación.

–Sí –dice–. No puedo decir que lo esté deseando, pero…

–Yo no quiero escabullirme –dice Louise.

–No. Claro que no. Quiero decir que por mal que nos vaya será solo una hora.

–Oh. No. Me refería al matrimonio, no a la terapia.

–Oh. ¡Ja! Antes de irnos, ¿es un hombre o una mujer? No me lo has dicho.

–Te lo dije –dice Louise–. Es una mujer.

–¿Una mujer? Oh, Dios.

–¿Acaso no habrías dicho lo mismo si te hubiera dicho que era un hombre?

–Sí. Sería malo en un sentido distinto. Si fuese un hombre, es obvio que yo no podría hablar de nada íntimo.

–Es obvio.

–Pero, si es una mujer…, me va a despedazar.

–¿Despedazar? ¿Y por qué a mí no?

–Feminismo.

Louise se ríe, incrédula.

–Sé que tuviste una aventura –dice Tom–. Pero resultará que fue culpa mía. Habrá circunstancias atenuantes. No solo mi…, nuestro…, la cosa sexual, ya sabes. Ella descubrirá que eres tú la que traes el dinero a casa y que casi siempre cocinas a pesar de que trabajas y yo no, y que te encargas de todas las cuestiones organizativas aburridas, y… Creo que te dará carta blanca. Adelante, Louise. Ponte las botas. Tienes derecho a diez aventuras si quieres.

–No me parece que los terapeutas de pareja les digan a sus clientes que tengan diez aventuras. Y en realidad no quiero diez. La que tuve fue muy estresante.

Se levanta. Tom también se levanta. Los dos apuran sus copas.

–Estoy seguro de que nos dirá que ya no hay remedio.

–No se lo permitiré –dice Louise–. Se lo diré. Le diré claramente lo mal que me he portado.

Tom le lanza una mirada.

—No vamos a entrar en detalles, ¿eh?

—Nada de detalles. Le diré lo mala que he sido. Lo injusta y artera y… moralmente censurable.

Salen del pub y cruzan la calle. Al llegar a la otra acera, Tom se para.

—Caminemos un poco —dice—. Para aclarar las cosas.

Empiezan a alejarse de la casa de la terapeuta.

—¿Qué vamos a aclarar?

—Si es mejor que sea un hombre o una mujer.

—Es una mujer —dice Louise—. Que nos espera ahí sentada. No hay nada que aclarar.

—Bueno. No necesariamente. Podríamos olvidarnos de ella y buscar un hombre.

—Lo cual, como has apuntado, también te parecería mal, aunque en un sentido distinto.

—He cambiado de opinión al respecto.

Louise se está impacientando.

—Vamos, Tom —dice—. Si la idea fue tuya.

Desanda el camino hacia la casa de la terapeuta. Tom la sigue. Ella llama al timbre. Aguardan, nerviosos. De pronto, Tom echa a correr. Corre muy rápido, como si se le escapara el autobús.

—¡Tom! —grita Louise—. ¡TOM! ¡Tom!

Pero él no le hace caso y se pierde de vista.

Segunda semana
Globos terráqueos antiguos

Louise está sola en el pub tomando una copa de vino, sentada a la misma mesa donde Tom y ella estuvieron la semana anterior. A Tom le espera una pinta. Louise está mirando el móvil justo cuando la pareja que va a terapia antes que ellos sale de la casa. Louise observa a través de la ventana. Algo no va bien. La mujer camina delante mientras el hombre se queda parado y le grita. Ella sigue andando. Llega Tom, se sienta, da un sorbo a su cerveza y mira a Louise un momento.

–¿Qué me he perdido? –dice.

–Ella ha salido hecha una furia.

Ven que el hombre corre tras ella y la agarra del brazo. Ella le asesta un fuerte golpe que le da en la cabeza. Él le suelta el brazo y se lleva la mano a la cara, incrédulo. Ella sigue caminando.

–Oh, por el amor de Dios. ¡Es como un futbolista! –dice Louise.

En la calle, el marido se frota la cabeza y camina despacio y con aspecto triste en la misma dirección que su mujer.

—Le ha pegado un buen tortazo —dice Tom.

—Sí. Pero solo le ha dado arriba, en la frente. Tendría que ser Mike Tyson para haberle hecho daño de verdad.

Tom la mira.

—¿Qué? —dice Louise.

—Pensaba que estabas en contra de la violencia doméstica. De cualquier tipo.

—No es que esté a favor. Solo he dicho que él estaba montando un drama.

—Entonces, si me dieses un golpe parecido, ¿cómo debería reaccionar?

—Podrías decir «ay» —dice Louise—. Y poner cara de decepción. Pero no revolcarte como si te hubiera abierto la cabeza.

—Observo que no has dicho: «Nunca te daría un guantazo así».

—Te conozco. Habrías insistido: «Sí, ya. Pero ¿y si sí me dieras uno?». Habrías recurrido a tus hipótesis, como siempre.

—Pues claro —dice Tom—. Pero eso no quiere decir que puedas saltarte toda esa parte.

—Es que no hace falta decirlo. Hasta ahora nunca te he pegado, y nunca lo haré.

—Ídem.

—Pues ya está. Ya tenemos algo de lo que podríamos hablar luego. ¿Cómo lo ves esta semana?

–Bueno, estoy bastante seguro de que entraré desde el principio.

–Y no solo los últimos quince minutos.

–Le eché muchos huevos para estar la semana pasada. Y cuanto más avanzaba la sesión, más huevos.

–Así que, si esta semana entras desde el principio, eso demuestra...

–Más huevos que presentarme quince minutos antes de que acabe.

–Sí –dice Louise–. O sea que, en definitiva, no haces nada que no suponga un acto de extrema valentía por tu parte.

–Sí, más o menos.

–Me parece un milagro que puedas andar con semejantes huevazos. Debe de ser como tener dos globos terráqueos ahí abajo.

–Eso ha sido un poco sarcástico.

–¿Es que el sarcasmo ya no está permitido?

–No, teniendo en cuenta las circunstancias –dice Tom.

–No recuerdo la última vez que no hablamos sarcásticamente.

–La semana pasada. Aquí. Cuando te disculpaste y demás. Lo disfruté bastante.

–Entonces ¿no se me permite bromear sobre lo enormes que tienes los huevos?

–Lo has dicho con sorna. Como diciendo que no tengo huevos. Si los tuviera muy grandes y bromeases sobre ellos, pues bien. Pero en realidad no era una broma. En realidad estabas sugiriendo lo contrario.

–Vale. Y no se me permite porque soy la responsable de que estemos aquí.

–En efecto.

–Entiendo. ¿Quieres que te diga que tienes unos huevos gigantescos? O sea, ¿en serio? ¿Todo esto viene de ahí?

–¡No! ¿Quién quiere tenerlos tan grandes?

Mira a Louise con suspicacia.

–No es algo que a ti te atraiga, ¿no? –dice él.

–Por Dios, no.

–Me pregunto si le atraerá a alguien.

–Probablemente haya alguna página web. Hay una para casi todo.

Ambos dan un sorbo a sus copas.

–¿Y cuál es el orden del día? –dice Tom–. Lucy otra vez no.

–Ya acabamos con Lucy.

–Ni siquiera consigo entender que empezaras con ella.

–Estaba dando contexto.

–Comprendo la importancia de la fiesta de Lucy. Lo que no comprendo es por qué te metiste en una conversación de veinte minutos sobre ella.

–Ella quería saber por qué no viniste conmigo la noche que yo, ya sabes, conocí a Matthew –dice Louise.

–No fui porque Lucy me cae mal.

—Sí, pero ¿por qué te cae mal?

—Es aburrida.

—¿La mujer que ha hecho senderismo por los Andes sola?

—Esa misma. Nunca volveré a hablar con nadie que haya hecho senderismo por los Andes solo. No paran de hablar de eso. Pon algunas fotos en Instagram si quieres, pero... ¡cambia de tema, mujer! ¡Aquello ya pasó!

—En cambio, alguien que vio a los Turds en 1989 es la persona más fascinante que haya existido nunca.

—Eso es lo grandioso de la música. No hay mucho más que decir, aparte de «Vi a los Turds en 1989». Nada más. Punto. Luego hablas de algún otro grupo que viste en aquella época.

—Kenyon quería saber si te sentías un poco amenazado por...

Tom pone los ojos en blanco.

—¿Vas a dejar de poner esa cara? —dice Louise—. Se llama Kenyon. Da igual que no te guste.

—No es que no me guste. Solo es que... no me lo creo. Quizá podría ser su apellido, pero no me entra en la cabeza que pueda ser su nombre.

—Es lo que ella dijo: Kenyon Long.

—Son dos apellidos.

—Kenyon es su nombre de pila.

—Pues yo creo que no.

—¿Crees que nuestra terapeuta de pareja nos miente sobre su nombre?

–¿Quién se llama Kenyon? Venga, en serio.

–Ella. No veo qué gana con inventárselo.

Tom lo piensa un momento.

–Igual es su identidad profesional. La afable Julie de día. La entrometida y criticona Kenyon de noche.

Louise suspira.

–¿Hay algo de lo que quieras hablar esta semana?

–En realidad no.

–Entonces hablemos de Matthew –dice ella.

Tom hace una mueca.

Silencio.

–¿Tú crees? Preferiría que no.

–Es que la semana pasada opinabas que no había un desencadenante. Tuve una aventura y decidimos recurrir a un terapeuta.

–La semana pasada fue la semana pasada. La terapia es un proceso continuo. Descubres cosas de ti mismo y de la otra persona que ni siquiera sabías.

Louise resopla.

–Solo estuviste quince minutos.

–Quizá razón de más para no… meterlo en la conversación.

–Nada de Matthew, entonces.

–No, creo que no –dice Tom.

No propone ningún otro tema de conversación. No dicen nada durante un momento.

–Bien. En ese caso…

Nuevo silencio. Los dos miran alrededor del pub, un poco desamparados.

28

La pareja que se peleaba entra en el local. El hombre está disgustado; la mujer, arrepentida. Ella lo guía hacia un asiento y lo mira con inquietud mientras espera a que le sirvan. Él empieza a llorar. Tom no lo ve, pero Louise sí. De pronto se muestra más animada.

–¿Qué? –dice Tom.

–Está llorando.

A Tom también le anima la distracción. Se da media vuelta.

–¡No! Te va a ver.

–¿Dónde está ella?

–Pidiendo en la barra.

–Quiero que lo retransmitas todo a partir de ahora –dice Tom.

–¿No podemos hablar de nuestra sesión?

–No.

–Ella le da la bebida...

–¿Brandy?

–No. Cerveza. Y... no le dice nada. Está ahí sentada mientras él llora.

–Oh, qué horror de tía.

–Quizá el horrible sea él. Supongamos que ha matado a uno de sus hijos con un hacha y acaba de darse cuenta de lo espantoso que es lo que ha hecho.

–¿Y ella le pegó un puñetazo por haberlo matado? ¿O porque él acababa de darse cuenta de todo?

–Ya sabes lo que quiero decir –dice Louise–.

Algo parecido, que requiera terapia. El equivalente conyugal.

–Una aventura, quizá.

–Una aventura no es el equivalente conyugal de haber matado a tu hijo.

–Eso lo dirás tú.

–Por favor, ¿nos olvidamos de ellos y volvemos a lo nuestro?

–No estoy muy por la labor. Nos hacen parecer mejores.

–Tenemos que irnos y no hemos decidido por dónde empezar.

Louise se levanta, apura su bebida, se pone el abrigo. Tom sigue sentado un momento.

–No podemos hablar de Matthew, al menos esta semana, porque no es el origen del problema. ¿Hablamos de por qué dejamos de hacer el amor?

–Dios, no –dice Tom.

–Entonces ¿retrocedemos más todavía? ¿Hasta cuándo?

–Oh, hay un montón de cosas. Tu trabajo. El mío. El problema de Dylan con la ortografía. La muerte de tu madre... Mierda. Cuando lo piensas, esto es como el Brexit. Va a haber dos años de negociaciones antes de que acordemos cuáles son los problemas siquiera.

–Pero el Brexit es divorcio.

–Esa es la forma negativa de verlo. ¿Qué está ocurriendo detrás de mí?

Louise mira por encima de él. La mujer habla en voz baja, en una secuencia larga e ininterrumpida, mientras el hombre mira hacia delante con expresión triste.

—Ella le está hablando.

—¿Él no dice nada?

—No.

—Bien. Eso desmonta tu teoría del infanticidio.

—¿Por qué?

—Bueno, en todo caso, él no mató al niño. Ella no le está diciendo, una y otra vez, «Mataste a nuestro hijo». No. Ella ha tenido una aventura.

—Y entonces ¿por qué le ha pegado?

Tom lo piensa un momento.

—No lo sé.

—Si es que apenas los conocemos. ¿Volvemos al Brexit?

—Si no hay más remedio.

—Es solo un divorcio. No estoy siendo negativa. ¿Dices que vamos en esa dirección? ¿Vas a dejarme plantada?

Tom se levanta, se pone la chaqueta, apura su jarra.

—No. Claro que no.

—Solo por comprobarlo: dime que eso es lo último que se te pasa por la cabeza.

—¿Sinceramente?

—Sí.

Se dirigen hacia la puerta.

—No sé cómo podría serlo si estamos yendo a ver a Kenyon.

Tom pronuncia el nombre con sarcasmo.

Salen a la calle y se dirigen al cruce.

—¿Es lo último que se te pasa por la cabeza a ti? —dice Tom.

—Sí.

—Es absurdo. Cabe la posibilidad de que esto acabe así. Y lo del Brexit... Hay quienes creen que en tiempos de grandes cambios surgen oportunidades.

—¿Así que piensas que estarías mejor solo?

—Por Dios, no. Hablaba del país.

Cruzan la calle.

—¿Y cuáles son esas oportunidades de grandes cambios de las que hablas? —pregunta Louise.

—Bueno. No nos enredaremos con todo el papeleo burocrático. Negociaremos nuestros propios acuerdos comerciales.

—Ahora me he perdido del todo. No quiero hablar más del país. Estoy intentando comprender por qué un Brexit conyugal sería una gran oportunidad para ti.

Tom se encoge de hombros de forma evasiva.

—¿Con quién vas a llegar a esos acuerdos comerciales? Que yo sepa, no estás saliendo con mujeres italianas o alemanas. Y no creo que vayas a tener más suerte con las chinas o las norteamericanas. Todo eso son patrañas.

Han llegado al portal de Kenyon.

–Lo único que he dicho es que no tiene por qué ser la catástrofe que *The Guardian* piensa que es. Louise se detiene en seco y lo mira. Él esquiva la mirada. Levanta la mano para llamar al timbre.

–Tú votaste por el puñetero Brexit de los cojones. ¡NO TOQUES ESE TIMBRE! Por eso te inscribiste en el censo. A pesar de todas las conversaciones que mantuvimos.

–Y tuve que echarle muchos huevos, permíteme que te diga. Porque todo el mundo andaba con la cantinela de que iba a ser un desastre.

–¿Y por eso votaste así? ¿Porque todos tus conocidos iban a votar algo distinto que tú?

–Era parte del atractivo, sí. Además, tengo algunas ideas socioeconómicas complejas pero defendibles.

–Defiéndelas.

–No voy a defenderlas delante de la casa de «Kenyon» un minuto antes de la terapia de pareja.

Louise pone los ojos en blanco ante el gesto de las comillas.

–Defiende una. Una sencilla.

–Bueno, ninguna lo es. Ojalá lo fueran, créeme. Son grandes. Grandes ideas. Pero sobre todo quería fastidiar a tus amigos.

–Oh, pues ya lo has hecho. No volverán a dirigirte la palabra –dice Louise.

–No quiero que se chismorree al respecto. Como te he dicho es algo privado.

–¿Cómo vas a fastidiar a mis amigos si no se lo cuento?

–Los estaba fastidiando entonces. Cuando voté. No quiero restregárselo por las narices. El país necesita avanzar. Curarse.

–Bueno, puedes ir a trabajar a una residencia de ancianos por el salario mínimo. Y sustituir a todos los europeos del Este que hemos perdido.

–Estoy dispuesto a aportar mi granito de arena. Aunque no sirvo para nada relacionado con la muerte. O la enfermedad. O que tenga que ver con el retrete.

–Pero ¿por qué no me preguntaste...?

Tom llama al timbre.

–Vale –dice Louise–. Hablamos del Brexit. Los cincuenta minutos.

–Bien. ¿Qué votó Matthew?

–¿Tú qué crees?

Suena un zumbido eléctrico y empujan la puerta.

Tercera semana
Siria

Solo hay un cliente en el pub: la mitad masculina de la pareja que va a ver a Kenyon antes que Tom y Louise. Está mirando fijamente a la barra. No ha tocado su pinta de cerveza.

Tom entra en el local con un periódico en la mano. Se dirige a la barra para pedir y ve al hombre deprimido. Tom reacciona tarde. El hombre deprimido lo mira impasible. Tom le saluda con la cabeza. Llega la camarera para atender a Tom.

–Una pinta de London Pride, por favor. Y una bolsita de frutos secos.

Tom mira al hombre mientras la chica le sirve la cerveza. Se muere de ganas de decirle algo. Abre la boca y la cierra. Sabe que no sería pertinente hablar. Pero habla.

–¿Qué tal?

El deprimido lo mira.

–¿Yo?

Tom empieza a arrepentirse de su decisión.

–Disculpe, solo era… Era una especie de saludo.

–¿Un saludo? –dice el hombre, ofendido.

–¿Sabe eso de saludar a gente con la que estás en el mismo sitio al mismo tiempo? Pues eso. ¿Qué tal? Solo era eso.

Tom hace un gesto exagerado y luego vuelve a intentarlo, modulando más el tono. El hombre lo mira como a un idiota. La camarera ha vuelto con la pinta y los frutos secos.

–Cuatro libras, por favor –dice.

Tom decide volver a intentar mantener una conversación.

–Hay que tomar una rápida antes de que llegue la parienta –dice, y alza las cejas con complicidad.

–Qué chico tan valiente –dice el hombre.

Tom se siente ofendido. Coge la pinta y la bolsita de frutos secos y se sienta a la mesa habitual. Entra Louise y también se sienta. No tiene su copa preparada.

–Un blanco seco, por favor.

–Oh, perdón. Se me ha olvidado. Me he aturullado en la barra. ¿Has visto quién está ahí?

Louise mira por encima.

–Ah, sí. El marido apaleado.

Tom arquea las cejas expresivamente.

–Se ha salido.

–Vaya –dice Louise.

–Pero no puedo invitarte a una copa.

–¿Por qué?

—He intentado hablar con él y no ha salido muy bien. No voy a volver a la barra.

—¿De qué diablos querías hablar con él?

—No es que quisiera hablar con él en serio. Solo lo he saludado.

—¿Por qué?

—Es como si lo conociera. Ver llorar a alguien es algo íntimo.

—Y que su mujer le dé un manotazo en la cara.

—He estado a punto de sacarlo a relucir —dice Tom.

—¿Por qué demonios ibas a hacer eso?

—Porque... Bueno, ha dado a entender que mi conducta no era muy viril.

—¿Tu saludo no ha sido viril?

—Es la primera conclusión que sacas, ¿no? No se te ocurre que quizá su reacción haya sido irracional. O que se haya portado como un gilipollas machista. Oh, no. Tiene que haber sido mi saludo pusilánime.

—¿Qué podría haber sido, si no, si solo le has hecho un gesto?

—He intentado un... No sé. Un comentario amable. Un saludo con palabras.

—¿O sea, un comentario poco viril? ¿Qué le has dicho?

—Lo típico, ya sabes. «Uf, una señora cerveza, por fin.»

—Eso parece muy viril.

–Es lo que yo pensaba.

–A menos que fuese el *uf*. Podría ser que el *uf* le hubiese parecido un poco, bueno…, amanerado.

–No ha sido un *uf*. Ha sido más como…

Emite una exhalación larga y satisfecha, como un hombre sediento al que le sirven una pinta.

–No, así está bien.

–Eso pensaba yo.

–Y, de todos modos, el llorica es él –dice Louise.

–¿Llorica? Eso es un poco duro. Tú lloraste la semana pasada.

–Lloré por el Brexit, no por nuestro desastre de relación.

–Bueno, no lloraste por el Brexit en sí. Lloraste porque yo voté a favor del Brexit. Así que en cierto modo llorabas por nuestro desastre de relación.

–El motivo principal de que llorase es porque trabajo en el Servicio Nacional de Salud y la mitad de mi personal es europeo.

–Recuerda que Kenyon dijo que no podíamos hablar de esto hasta la visita de hoy.

–Y también lloré porque mentiste sobre el Brexit.

–Es una cuestión privada.

–La privacidad y la mentira son cosas distintas.

Tom pone una cara que indica que eso es discutible.

–En todo caso dejémoslo –dice–. Recuerda lo que dijo Kenyon. Sigo pensando que estamos mejor que esos dos.

–No se pueden comparar relaciones así como así. No puedes mirar a una pareja a la que ni siquiera conoces y decir, ya sabes, «Oh, por lo menos no somos como ellos».

–Yo sí.

–¿Tu felicidad no depende de ti mismo?

–No. Depende totalmente de que haya otros más infelices.

–No eres en absoluto una persona que por la mañana se levanta de un salto de la cama, eufórico por la alegría que supone no vivir en Siria. No puedes ser más desgraciado. Jamás has pensado, ni una sola vez, que te va mejor que a los demás.

Tom mira por la ventana del pub.

–Ahí sale ella.

La mujer sale por la puerta de Kenyon.

–Está llorando.

Tom y Louise se miran. Hasta Louise está encantada.

–¡Va a entrar aquí! –dice Tom–. Se armará una buena.

–No mires.

Tom se levanta. De pronto quiere estar cerca de la acción.

–¿Te apetece tomar algo?

–No. Siéntate.

La mujer entra en el pub. Se dirige hacia su compañero en la barra, lo arranca del taburete y se lo lleva a la calle. Tom y Louise observan embelesados. A través de la ventana del pub ven que la mujer le dice algo a su marido. El hombre deprimido la mira... y la besa apasionadamente. El beso se prolonga un rato largo y, cuanto más dura, más abatidos se sienten Tom y Louise.

–Bueno –dice ella–. Adiós a Siria.

La pareja se separa, se mira y vuelve a besarse.

–¿Te lo puedes creer? –dice Tom–. ¿A su edad?

–¿A su edad? Son más jóvenes que nosotros.

–¿En serio?

–Lo parecen. Bueno, él sí. Más que tú.

–Gracias. En fin. Aun así, ya son mayorcitos para comportarse.

Consulta el reloj.

–Todavía estás a tiempo de tomar una copa.

–Espera –dice Louise–. Esto es importante. «Ya son mayorcitos para comportarse.» ¿Me lo explicas? ¡Se están besando!

–En público –dice Tom, desdeñoso.

–Sienten una pasión loca el uno del otro.

–Pues, si sienten tanta pasión, ¿para qué van a terapia?

Louise lo mira fijamente.

–¿Qué? –dice Tom.

–¿Eres consciente de lo que acabas de decir?

Tom lo piensa.

–Ahora sí.

–No es bueno, ¿no crees?

–Ya veo por qué lo dices.

–¿Estás sugiriendo que no queda pasión?

–Bueno. Yo no veo la pasión como…, como la gasolina. Algo que se agota. La veo más bien como, no sé, algo que pierdes. Como unas llaves. –Coge el bolígrafo que está usando para hacer el crucigrama y lo agita en el aire–. O como este boli.

–Las llaves se encuentran. Los bolígrafos no. Para mí es importante saber cuál es.

Tom no dice nada.

–¿Unas llaves? ¿O un boli?

Tom no dice nada. Louise se está enfadando.

–Vamos –dice–. ¿Son unas llaves o un boli?

–Parece que estamos en una situación en la que si digo «un boli», nuestro matrimonio da un giro a peor.

–Pues no digas «boli».

–Espero que unas llaves. ¡Por supuesto! Parto de la base de que son llaves.

–Sea como sea, la hemos perdido.

–Extraviado.

–A menos que sea un bolígrafo.

–Las llaves te esfuerzas más en buscarlas, ¿no? Por eso las encuentras. Los bolígrafos se dejan por todas partes. Podrías haber dejado uno bajo la cama de Matthew.

–¿Era necesario el ejemplo?

–Lo he dicho por decir. Si hubieras olvidado un boli debajo de la cama de Matthew, quizá no habrías vuelto a buscarlo.

–¡BASTA! Ya vale. Olvida los bolis.

Tom deja el suyo. La pareja de fuera echa a andar calle arriba con las manos enlazadas.

–Mira –dice Louise–. Irán a echar un polvo de reconciliación.

–No resolverá sus problemas.

–Puede que no. Pero esta tarde lo van a pasar mejor que nosotros.

–Igual hacemos algún avance con Kenyon.

–El avance tendría que ser una pelea –dice Louise–. Pelea allí dentro y sexo de reconciliación en casa. Solíamos tener buenas peleas. Y buen sexo después.

–Buenas peleas a gritos, como es debido –dice Tom, nostálgico.

–Lo del Brexit fue una buena bronca.

–Pero no nos hemos reconciliado. ¿Podríamos echar un polvo post-Brexit?

–No. Yo voté en contra y tú a favor, y te odio por eso.

–Podríamos llegar a un entendimiento.

–Ah, claro. Llegamos a «un entendimiento», nos estrechamos la mano y luego follamos hasta quedar turulatos.

–Ahí está. Íbamos tirando los dos tan amigos hasta que empezaste a acostarte con otro. Voy a ignorar la última parte.

–¿Por qué?

–Solo es… una vulgaridad porque sí.

–¿De verdad? A un montón de hombres les encantaría oír a su mujer diciendo «follamos hasta quedar turulatos».

Tom mira alrededor, angustiado por la grosería, pero Louise está embalada.

–Sugiere que todavía queda algo de vida en algún sitio –dice ella–. Pero en ti no. «Íbamos tirando.» «Llegar a un entendimiento.» «Tan amigos.» ¿Qué sentido tiene estar casados si no hay ni sexo ni afecto ni pasión ni nada? Podrías haber llevado una camiseta con un HE VOTADO FUERA escrito mucho antes de que alguien pensara en un referéndum siquiera. Europa: fuera. Sexo: fuera. Trabajo: fuera. Matrimonio, vida, amigos: fuera, fuera, fuera.

Tom mira el reloj.

–Deberíamos irnos –dice–. Llegamos tarde.

–¿Sí?

–Pues sí –dice él–. Es un resumen bastante razonable de mi situación. Lo del trabajo no lo elegí yo, pero…

Louise se levanta. Salen del pub.

–¿Sabes qué es lo malo? –dice Louise mientras esperan a que cambie el semáforo en el paso de peatones–. Hemos envejecido de un modo distinto. Yo creo que los cuarenta son como los treinta, salvo que tienes que ir más al gimnasio. Tú crees que tener cuarenta y cuatro es como tener sesenta y cinco, salvo que con hijos más pequeños. ¡No se ha terminado! ¡Nada ha terminado! ¿Dónde están tus ganas de luchar?

Lo empuja, con bastante fuerza.

–Ay –dice él–. ¿Por qué tengo que luchar?

–«No entres dócilmente en esa buena noche.»[1] Ni siquiera es de noche, por el amor de Dios. Ni siquiera es la hora del té. Lucha por tu vida. Lucha por tu matrimonio. Lucha por el trabajo. Lucha por no ser un maldito desgraciado.

La luz del semáforo cambia. Tom cruza, avergonzado. El conductor que encabeza la cola del tráfico los observa y se ríe.

–Lucha, joder, LUCHA.

Louise vuelve a empujarlo, esta vez por la espalda. Él trastabilla y cae. Amortigua la caída con el brazo.

–Oh, mierda –dice Louise.

Tom yace en el suelo, aturdido.

–Creo que me he roto la muñeca.

1. «Do not go gentle into that good night», poema de Dylan Thomas en el que *good night* es una metáfora de la muerte. (*N. del T.*)

Cuarta semana
Escayola

Tom está sentado a la mesa habitual junto a la ventana, con el periódico abierto delante. Sostiene una pinta en una mano; en el otro brazo luce una escayola cubierta de firmas y dibujitos. Louise entra en el pub. Pone los ojos en blanco al ver a Tom. Va hasta la mesa y se sienta.

–¿En serio? –dice–. ¡Si en el brazo no te pasa nada!

Tom no dice nada.

–De todas formas, ¿de dónde has sacado la escayola?

–Se pueden comprar online.

–¿Y quién te la ha firmado?

–Los niños.

–Ahí hay un montón de firmas.

–Sí. Tardaron siglos en hacerlas. Inventando nombres y probando distintos autógrafos. Ya ves, en realidad fue un ejercicio de lo más educativo.

–¡Menudo padrazo! Ahora falsificarán cualquier cosa. Oye, si compraste la escayola por internet, está claro que no fue una compra impulsiva.

–Entrega al día siguiente.

–Entonces lo pensaste ayer.

–Sí –dice él–. Anteayer, para ser exactos.

–Entonces llevas dos días preocupado por lo que vas a decirle a Kenyon sobre el brazo.

–¡Le dijimos que me lo había roto! ¡Y no me lo había roto!

–Le aliviará saberlo.

–Pero cancelamos la sesión por eso.

–Dile simplemente que te diste un golpe muy fuerte.

–¡Me di un golpe muy fuerte! –dice Tom.

–Pues enséñale los moratones.

–Son internos.

Louise suspira.

–Kenyon debe de sentirse como el primer ministro –dice–. Hay un plan, un objetivo, pero está continuamente apagando incendios. Sales corriendo, te caes, finges que te has roto el brazo cuando no es cierto… Nunca vamos a resolver los verdaderos problemas de nuestro matrimonio. Sabes que voy a entrar y decirle que tu escayola es de pega, ¿no?

Tom parece horrorizado.

–¿Qué?

–¿Por qué no?

–¿Vas a chivarte?

–No te va a detener la policía, solo es una sesión de terapia de pareja. Entramos y decimos la verdad; si no, ¿qué sentido tiene?

–No tenemos que decir la verdad en todo. Si yo tuviese, no sé, una enfermedad de transmisión sexual, ¿se lo contarías?

–Desde luego que sí, teniendo en cuenta que yo no te la he transmitido.

–Aún no.

–Qué encanto.

–Para ser justos, no soy yo el que se ha acostado con otra persona.

–Si yo te hubiera transmitido una enfermedad así –dice Louise–, pues sí, por supuesto que deberíamos contárselo. Sería algo importante.

–Una enfermedad de transmisión sexual es un mal ejemplo. ¿Y si me hubiera lesionado el pene de algún modo? ¿Hablarías de eso?

–Sí, si tú quisieras que lo hiciera.

–No querría.

–¿Y si no tuvieras lesionado el pene, pero fueras a ver a Kenyon diciendo que sí?

–¿Por qué iba a hacer eso?

–¿Por qué te has puesto una escayola falsa en el brazo? ¿Qué diferencia hay?

–Porque no le he dicho que me he roto el pene.

–(No te puedes romper el pene.)

–(Lo sé perfectamente.) Le dije que me había roto el brazo. Creo que estamos en un momento crucial para nosotros.

–Explícate.

–Tienes que elegir: ¿estás conmigo o estás con ella?

–No voy a jugar a eso.

–No es un juego –dice Tom–. ¿Somos una pareja? ¿Los dos contra el mundo? ¿O no lo somos?

–¿Los dos contra el mundo? –dice Louise con desdén.

–Para mí, eso es el matrimonio.

–Te lo acabas de inventar por lo de la escayola. ¿Y qué pasa con los niños?

–La mayoría de las veces estoy en su contra.

–Pues yo no.

–Entonces, los cuatro contra el mundo.

–Pero eso es una familia, no un matrimonio.

–Sabes a qué me refiero.

–Nunca he pensado que seamos nosotros dos contra el mundo.

Tom extiende las manos como si hubiera demostrado su razonamiento.

–Ahora estamos llegando a algo –dice.

–¿Qué nos ha hecho el mundo? No somos Romeo y Julieta.

–Sigue. Estás en un hoyo. Sigue cavando.

–¿Decir que no somos Romeo y Julieta es cavar?

–No es muy romántico.

–O sea que, en tu fantasía, ¿somos dos adolescentes enamorados cuyas familias no quieren que estemos juntos?

—Es obvio que no somos adolescentes. Pero está la diferencia de edad.

—Cuatro años.

—Y la división entre letras y ciencias. Somos una especie de Montescos y Capuletos modernos. Es una distinción sutil, pero existe. Es un algo en el ambiente, ¿lo percibes? Uf, ¿cómo va esto? Ella, médica; él, crítico musical.

—Primero, no, no lo percibo —dice Louise—. Y, segundo, hace falta algo más. Los Montescos y los Capuletos se apuñalaban entre ellos. Lo suyo no era un algo sutil en el aire.

—Concedido, no hubo puñaladas. Pero sí presión familiar. Mi madre no quería que me casara contigo.

—Ella me previno.

—Me previno *a mí*.

—A mí me dijo que yo era demasiado buena para ti, que eras una puñetera nulidad y que acabaría dejándote —dice Louise—. ¿Qué te dijo a ti?

—Exactamente lo mismo.

—¿Que eras demasiado bueno para mí?

—Ja, ja —dice Tom, sin alegría—. ¿Conoces a mi madre? No, por supuesto que no. Lo cierto es que la mandé a paseo y me casé contigo de todas maneras. Nosotros contra el mundo.

—Nosotros contra tu madre, más bien. El resto del mundo se mostró complacido o del todo indiferente.

—¿Dirías sinceramente que estás en mi bando?

53

–Sí. Claro que lo estoy. Para empezar, te mantengo. Es lo que hace alguien que está de tu lado, ¿no?

–Eso ha sido un golpe bajo.

–¿Decir que te mantengo es un golpe bajo? Quiero que te vaya bien. Me preocupo por ti. Yo…, bueno, te quiero.

–¿«Bueno»? ¿Qué pinta ahí ese «bueno»? ¿Qué función cumple?

–Solo quería… Dudaba.

–¿Por qué?

–La gente tiene derecho a dudar. Las dudas surgen.

–Dudas cuando no sabes qué pedir en un restaurante. No cuando le dices a alguien que lo amas.

–El amor es algo más importante que pedir una pizza, ¿no? –dice Louise.

–Sí, cuando tienes dieciséis años. Pero no cuando estás casada.

–¿Sabes por qué dudas cuando tienes dieciséis años? Porque tienes miedo de hacer el ridículo. No es porque…, bueno…

–Más «buenos». Bueno por aquí, bueno por allá… Se está convirtiendo rápidamente en una palabra muy peligrosa.

–No es porque tengas dudas.

–¿Tú las tienes?

–¿Y tú?

–No.

–Eso es mentira. ¿Cómo puedes no tenerlas?

No quieres acostarte conmigo, nos pasamos la mitad del tiempo discutiendo, pareces más a gusto al lado de otra gente...

Tom se encoge de hombros.

–Supongo que mi «bueno» pretendía indicar, en fin..., «en el fondo» –dice Louise–. «Te quiero en el fondo.»

–En el fondo.

–Sí.

–Estupendo.

–Para ser sincera, creo que deberías alegrarte. Tienes suerte de que todavía quede algo.

–Déjame hacerte una pregunta: ¿cómo te sentirías si yo te dejase por otra?

Louise reflexiona un momento.

–Bueno –dice.

–¡Otro «bueno»! Oh, genial.

–En realidad, no te gustan las conversaciones meditadas, ¿eh?

–Veo que no me preguntas si he conocido a alguien.

–¿Has conocido a alguien? –dice Louise, cansinamente.

Tom tarda un momento en responder.

–Bueno –dice.

–Ah, muy gracioso.

–¿Por qué no puedo meditar la respuesta?

–Porque o has conocido a alguien o no. Y yo creo que no.

—Hay toda una escala de grises.

—¿Como cuáles?

—Las citas online.

—Sabes que en realidad hay que salir de casa para tener citas online, ¿verdad?

—No, no hace falta —dice él. Y luego, menos seguro—. ¿O sí? Yo pensaba que se hacía todo online.

—Hablas con alguien online. Y luego quedas con esa persona. Tú no has salido, que yo sepa.

—No sabes lo que hago durante el día.

—No, pero, si sales para una cita durante el día, no hablarías de escala de grises, ¿no? Habrías conocido a alguien. ¿Te gustaría conocer a alguien?

—No. La verdad es que no. ¿Adónde nos llevaría eso, por curiosidad?

—¿Estás proponiendo un matrimonio abierto?

—No, por Dios —dice Tom—. A no ser que sea eso lo que quieres.

—No, no es eso lo que quiero. Si conocieras a alguien, abandonarías este matrimonio y empezarías una nueva relación.

—¿Y tú?

—Supongo que esa es la fantasía, ¿no?

—¿Lo es?

—Sí, cuando llevas casada unos cuantos años y todo… se ha apagado un poco. Ya sabes —dice ella—, fantaseas con que llegas a casa, tu marido te dice que ha conocido a alguien y que se marcha.

—No creo que todo el mundo fantasee con eso.

–Oh, sí, créeme. ¿Tú no?

–Bueno.

–Con eso basta.

–¿Puedo dejarme la escayola?

–Oh, qué más da.

–Gracias.

Tom consulta el reloj.

–Mierda –dice.

Termina su pinta y se levanta.

–Llegamos tarde –dice Louise.

Ella también se levanta, y se dirigen a la puerta. Les interrumpen el paso Giles y Anna, antiguos vecinos de la casa de al lado, que se mudaron por la escuela de los niños.

–Hola, pareja –dice Giles.

Tom y Louise se ponen nerviosos.

–Ah, hola –dice Louise.

–¿Cómo estáis? –pregunta Giles.

Su mirada repara en la escayola de Tom.

–Oh, vaya –dice.

–Ah, sí –responde Tom–. ¡Malditos snowboards!

Louise lo mira.

–Oh, ¿dónde has estado haciendo snowboard?

–Bueno, en muchos sitios.

–Hace siglos que no os vemos –dice Anna.

–Quedaos a tomar algo –dice Giles.

–No podemos –responde Louise.

–¿Ni siquiera algo rápido? –pregunta Giles.

–Me temo que no –dice Tom–. Otro día.

–No vais al cine, ¿no? –dice Anna.

–Sí –dice Tom, agradecido.

–Ah, pues no hay prisa. Lo hemos mirado. No empieza hasta dentro de veinte minutos. Y son los anuncios, no la película.

–Está bien saberlo –dice Tom–. Muy buenas críticas.

–Pero nunca sabes si fiarte de ellas, ¿verdad? –dice Giles.

–No. Pero tengo un buen presentimiento con esta película. A una compañera de Louise le ha entusiasmado.

–En realidad no vamos al cine –dice Louise.

–No. No vamos –replica Tom.

Hay un silencio embarazoso.

–Vale –dice Giles–. ¿Qué tal os va, de todos modos?

–Bien. Verás, tenemos una cita –dice Tom.

–Nos encantaría quedar con vosotros. ¿Vendríais a cenar? ¿O qué os parece si comemos juntos? –dice Anna.

–Estupendo –dice Louise.

–Nos tenemos que poner al día –dice Anna.

–Fantástico –dice Louise.

Empieza a caminar hacia la calle.

–Veo que tenéis prisa, así que... –Giles se encoge de hombros.

–Debemos de pareceros muy groseros –dice Louise–. Tenemos un buen motivo.

58

–Terapia de pareja –dice Tom–. Ya sabéis cómo se ponen los terapeutas si llegas tarde.

–¡Oh, no! –dice Anna, y pone cara de comprensión. Tom intenta poner la misma cara.

–Me temo que sí –dice–. Una pequeña infidelidad. No mía, en cualquier caso.

Asiente con la cabeza y sale a la calle. Louise, todavía en el pub, lo mira fijamente cuando pasa por delante.

Fuera del pub, Louise se pone furiosa.

–¿Cómo DIABLOS se te ocurre?

–Lo siento. Me ha entrado el pánico. No sabía cómo cortar la conversación.

–No me puedo creer lo que has hecho.

–No. Yo tampoco.

–Y tira esa ridícula y puñetera escayola.

Louise cruza la calle sin esperarlo. Cuando Tom empieza a seguirla, ve un cubo de basura. Se detiene, se quita la escayola y la mete en el cubo. Titubea un momento, preguntándose si ha hecho bien, y luego corre tras ella.

Quinta semana
Una pendiente normal

Tom y Louise están sentados el uno frente al otro en su mesa habitual del pub, con las copas de siempre. Louise mira a Tom inquisitiva.

–¿Cómo estás? –dice ella.

Tom se encoge de hombros.

–Bueno, bien. ¿Te has acordado de mis cosas?

–Ah, sí.

Louise alarga el brazo por debajo de la mesa y saca prendas de vestir de su bolsa. Hace un pequeño montón en la mesa.

–Dos pares de calcetines, dos pares de calzoncillos, dos camisetas.

Tom la mira horrorizado y luego pasea la mirada por el local.

–¿No has traído una bolsa? –dice.

–No. Iba con prisa. Me has llamado a las ocho y veinte de la mañana, que, como quizá recuerdes de cuando formabas parte de la familia, es una hora de mucho ajetreo. He cogido tus cosas de los cajones corriendo y las he metido en mi bolsa.

–¿Y ahora qué hago?

–Vuelvo a meterlas en mi bolsa, y más tarde encontraremos una de plástico.

Recoge el montón de ropa y lo guarda.

–Tu cajón de arriba, por cierto, da pena –dice.

–¿Qué le pasa?

–¿Cuándo fue la última vez que te compraste un par de bóxers?

–No uso bóxers.

Louise pone los ojos en blanco.

–¿O algo de ropa interior? –dice.

–Hace un año que no trabajo.

–Es decir, ¿hace trece meses?

–No me acuerdo.

–Y sabes que tienes acceso a una cuenta conjunta. Si veo una factura de cincuenta libras de Marks and Spencer, no voy a subirme por las paredes.

–¡Cincuenta libras! ¿Es lo que cuestan ahora los calzoncillos?

Louise suspira.

–No. Me refiero a si compras varios pares.

–¿No podemos cambiar de tema? ¿Qué les has dicho a los niños de por qué me he ido de casa?

–Nada.

–¿Nada?

–No, nada… en concreto –dice Louise, escogiendo cuidadosamente las palabras.

–¿Y qué te han dicho ellos?

Louise mueve la cabeza.

–¿Ni siquiera lo habéis mencionado? ¿No estoy en casa y ni lo notan?

–Si preguntan, les digo que estás en otro sitio. En la cama. Escuchando música en la habitación de invitados. En el pub.

–¿En el pub? Nunca voy al pub.

–No, ya lo sé –dice Louise–. Pero creo que les gusta. Es una cosa muy de padre.

–Dios. Genial.

–¿Hasta cuándo piensas estar fuera?

–No lo sé.

–No tienes por qué hacerlo. Nadie te ha pedido que te marches.

–Han sido unos días horribles.

–Y todo empezó por esa tontería de la escayola.

–Bueno. La semana pasada, cuando le dijiste a Kenyon que la había tirado, te pasaste de la raya.

–Fue divertido. Ella se rió.

–Sí –dice Tom–. Se rió, y tú también. Y a mí me dolió. ¡Fue un gesto por mi parte! ¡Tirar la escayola fue el primer paso del largo camino hacia la armonía marital!

–Tirar la escayola cuando no te pasaba nada en el brazo nos devolvió al punto de partida. Sigues siendo un hombre con graves dificultades matrimoniales y dos brazos sanos.

–Quería demostrar que valoro la verdad.

–¿Por eso les comentaste a Giles y Anna lo de la «pequeña infidelidad» cuando nos encontramos ahí con ellos?

Señala la entrada con la cabeza.

–Sí. Pequeña. Lo estaba minimizando. Otro gesto –dice él–. Admito que después me pasé de la raya y que luego todo se descontroló un poco.

–Lamento algunas de las cosas que dije.

–Algunas fueron golpes bajos.

–Inevitables, diría yo –dice Louise–. Al menos no quiero darte un puñetazo en la cara.

–Yo hubiese jurado que querrías estimular ciertas partes del cuerpo, de cintura para abajo, no dejarlas inservibles.

–Sí, lo siento. Pero recordemos que estamos hablando metafóricamente. En realidad a tus partes no les hice nada.

–Las metáforas en los huevos pueden doler tanto como una patada.

–¿En serio?

Tom se encoge de hombros, como diciendo que habrá que aceptar la discrepancia. Dan unos sorbos a las copas.

–Marcharse de casa es entrar en una pendiente resbaladiza, y puede ser difícil remontarla –dice Louise.

–Yo diría que esa es la definición de una pendiente resbaladiza.

–¿Estás diciendo que quizá no vuelvas a casa? ¿Que te has ido definitivamente?

–¿Acaso he dicho eso?

–Si no puedes remontar una pendiente así...

–Simplemente estaba señalando una redundancia lingüística, no anunciando el fin del matrimonio.

–¿O sea que la pendiente no es resbaladiza?

–No –dice Tom–. Es normal, y puedo subirla y bajarla a mi antojo. No importan los resbalones. Solo el esfuerzo.

–Tenerla en cuenta.

–Sí.

–Bueno, esa es otra. Ya no eres tan ágil como antes.

–Solo necesito unos días para pensar –dice Tom.

–¿Dónde estás viviendo?

–¿Para qué quieres saberlo?

–No quiero. Saber dónde vive su marido es una de esas informaciones útiles que puede necesitar una mujer.

–Tengo el móvil encendido a todas horas, en caso en emergencia.

–En realidad, lo que me preocupa no es el modo de dar contigo. Me preocupa la situación en que te encuentras.

–Estoy muy a gusto.

–Por favor, no me digas que estás en casa de tu madre.

–No.

–Uf, menos mal.

—Eso no salió bien.

—Oh, maldita sea, Tom.

—Fue una mala idea.

—¿Quién lo habría dicho? ¿Dónde estás, entonces?

—Tengo una cama y acceso a una tetera, y eso es todo lo que debes saber.

—¿Por qué no me lo cuentas?

—Puede que le falte algo de misterio a nuestra relación. Es lo que siempre dicen las columnas de autoayuda, ¿no?

—Creo que hablan de cerrar la puerta mientras estás haciendo pis, no de negarte a decirle dónde vives a tu pareja de toda la vida.

—¿Qué vamos a contarle a Kenyon?

—Me sorprende que quieras contarle algo.

Tom parece aliviado.

—Oh, gracias —dice—. No pensaba que tendría esa opción. Te debo una.

—Lo he dicho con sarcasmo. Por supuesto que vamos a decirle que te has ido de casa desde la última sesión. Joder, Tom.

—¿No podemos ocultarle nada a esa maldita mujer? ¿Tenemos que lavar todos nuestros trapos sucios en su lavandería? Por otra parte, no quiero que crea que no está consiguiendo nada. Parece una crueldad innecesaria.

—Sobrevivirá, estoy segura.

Louise da un sorbo de vino.

—¿Qué tienes que pensar?

68

Tom parece desconcertado.

–¿A qué te refieres?

–Has dicho que necesitas unos días para pensar.

–Ah. Sí.

–Pues respóndeme.

–Bueno. Todo, en realidad.

–¿Qué es «todo»?

–El matrimonio –dice Tom con vaguedad–. El, el...

–¿Qué has pensado en estos dos días?

–Me estás poniendo en un aprieto. ¿Qué has pensado tú?

–Te estoy preguntando yo.

–Estaba señalando que no es tan fácil hacer una lista.

–No soy yo la que se ha ido a pensar.

–He estado pensando mucho en tu amigo Matthew.

–Ah –dice Louise, cautelosa–. ¿Qué piensas de él?

–Que es un cabronazo y que quiero matarlo. Lo pienso continuamente.

–¿Y eso es constructivo?

–A mí me sirve. Lo he buscado en Google.

–¿Cómo sabes su apellido?

–Vi un email.

–Oh.

–Y luego lo busqué en Google y entré en su página de Facebook. Le gusta la cerveza, ¿no?

–No.

—Las empanadas, entonces. Me sorprendió. No parece tu tipo. Esa camiseta de la selección inglesa que llevaba en su foto de perfil…, parecía que tenía un balón de fútbol dentro.

—Pues… no está gordo —dice ella—. Y no se pondría una camiseta de la selección inglesa. Creo que igual te has equivocado de persona. En realidad, Matthew es un hombre muy serio. No me lo imagino en Facebook, y mucho menos con una camiseta de la selección de Inglaterra.

—Parece muy divertido. ¿Por qué lo dejaste?

—Porque lo que estaba haciendo era algo horrible que me hacía infeliz.

—¿Y si no vuelvo a casa? ¿Volverías con él?

—No creo.

—¿Por qué no?

—No tiene sentido preguntar eso.

—¿Por qué?

—Porque… ¿Qué me estás preguntando en realidad? —dice ella—. ¿Qué es lo que quieres saber concretamente?

Tom reflexiona.

—Quiero saber si volverías con Matthew. En el caso de que nos separásemos.

—Sí, eso ya lo sé. Pero ¿cuál es la pregunta concreta?

Tom reflexiona durante más tiempo que antes.

—Pues… si volverías a ver a Matthew. Si… dejamos de estar casados.

–Estás diciendo lo mismo una y otra vez.

–Porque es lo que realmente quiero saber. ¿Por qué no iba a querer saberlo?

–Lo único que tienes que saber es que no voy a volver con Matthew si no dejamos de estar casados.

–Dios, eres cruel.

–¿Por qué es cruel lo que he dicho? Pensaba que podría ser un consuelo.

–¿Un consuelo? ¿Sería un consuelo que te fueras corriendo a ver a Matthew en cuanto yo saliera por la puerta?

–¿Por qué iba a importarte si ya te has ido?

–Ya ves, esa es la diferencia entre tú y yo. Creo que es culpa de tu trabajo.

–¿Qué tiene que ver mi trabajo?

–Es un trabajo cruel –dice él–. «Oh, lo siento, señora Thompson, pero tiene usted cáncer, y a sus noventa años no podemos hacer nada por usted. Adiós.»

Louise lo mira, incrédula.

–¿De verdad crees que eso es lo que hago todo el día?

Tom se encoge de hombros.

–No tienes ni idea porque nunca preguntas –dice ella.

–Porque no quiero saber. Es deprimente. ¿A quién le apetece examinar todo el día las partes pudendas de unos viejos? Es el peor trabajo del mundo. Me deprime tremendamente.

71

–Rara vez les miro las partes. No les suele pasar nada ahí.

Louise hace una pausa y continúa en voz más alta.

–Y además no les sirven para casi nada. Porque eso es lo que ocurre. Se marchitan y se vuelven inservibles.

Tom mira alrededor incómodo.

–Es justo lo que nos está pasando a nosotros, ahora, mientras hablamos –dice ella–. ¿Sabes lo irónico de todo esto? Yo trabajo con ancianos y tú te has pasado toda tu vida laboral escribiendo sobre música pop. En otras palabras, pensando en gente joven. En sus conciertos, sus primeros álbumes y sus drogas y, no sé, sus groupies.

–¿Groupies? ¿Alguna vez lees lo que escribo?

–Y no sé muy bien de qué te ha servido. Te pasas el día en bata arrastrando los pies por casa. Y yo te traigo calzoncillos limpios.

–Decídete. ¿Qué edad tengo? ¿Ocho u ochenta?

–Se presta a confusión. Pero en cualquier caso no tienes cuarenta y cuatro. Estás en la flor de la vida. ¿Y qué haces con ella? ¿Sabes cuál es el verdadero problema de no tener sexo?

–Que uno se vuelve un gruñón, por lo que veo –dice él.

–Te obliga a reevaluarlo todo. Vives con alguien, tenéis sexo, piensas: «Bueno, estoy casada con él». En realidad, ni siquiera lo piensas. No piensas nada. Sigues igual. Pero prescindes del sexo y lo único que haces es… compartir piso con un tío quejica que se burla de tu costumbre de leer en la cama. Es que, ¿por qué está en la cama contigo?

–Solo intento animarte a que amplíes horizontes. No pueden quedar tantas escandinavas sin asesinar, ¿no?

–¿Lo entiendes? El sexo es lo que te diferencia de todas las demás personas de mi vida.

–De casi todas, mejor dicho.

Louise lo mira fríamente.

–Tenemos que irnos.

Apuran sus copas y se van.

–Lo siento –dice Tom mientras aguardan a que cambie el semáforo para cruzar la calle.

–Vale. Gracias. Yo también.

–No sabía que era tan importante para ti.

–¿No?

–Escucha. ¿Qué tal si vuelvo después de la sesión de terapia y…? Bueno, ya me entiendes. Nos corremos una juerga, si quieres.

La luz del semáforo cambia. Cruzan la calle. Louise no dice nada.

–Seguramente no lo he expresado muy bien –dice Tom.

–No. Decir «nos corremos una juerga, si quieres»…

–Sí. Espantoso.

–Pues no. No quiero.

–Oh. Vale. Entonces… ¿dónde estamos?

–No lo sé, Tom. Pero a no ser que alguien haga un pequeño esfuerzo…

–Y con ese alguien te refieres a mí, supongo.

Louise toca el timbre junto a la puerta de la terapeuta sin contestar a la pregunta de Tom.

Sexta semana
Nigel y Naomi

Louise llega antes al pub. Paga las copas y se encamina a su mesa habitual. Tom entra por la puerta. Lleva un blazer con camisa. Se ha afeitado y se ha cortado el pelo. Antes de ver a Louise se toca el pelo nervioso.

Los dos se sientan y él le sonríe.

–Hola –dice.

Louise tuerce un poco el gesto, como si una sonrisa y un «hola» fueran algo raro. Y tiene razón: lo son, en el contexto de la dinámica normal entre ellos.

–Hola –dice ella.

–¿Qué tal has pasado el día?

–Bueno, ya sabes.

Tom se inclina y la mira a los ojos.

–No. Dímelo.

Louise está extrañada.

–¿Qué?

–Nada –dice Tom–. Estaba esperando a que contestaras mi pregunta.

–¿Es que me ves algo raro?

–No. Estás guapa.

–Oh, vale. Por favor, para.

–¿Que pare de decirte que estás guapa?

–De todo. De mirarme. De sonreír. Del… disfraz.

–No es un «disfraz». No llevo ninguno.

–El efecto es un poco similar –dice ella.

–Me estoy esforzando.

–Ya veo. Prueba de otra manera.

–Dame alguna pista.

–Por ejemplo, el mensaje que me has mandado esta mañana…

–Ah –dice Tom–. ¿Más cosas así?

–No. Nada así.

–¿Qué tenía de malo?

–Daba un poco de grima.

–«Ganas de verte luego.» ¿Ese? ¿Da grima?

–Sí.

–Dios.

–Suena a que te esfuerzas demasiado.

–Me esfuerzo.

–Pues… no lo hagas.

–Lo haría si fueras una persona nueva.

–Claro. Pero no lo soy. ¿De verdad tenías ganas de verme?

–Sí.

–No te creo –dice ella.

–Entonces ¿tú no tenías ganas de verme?

—Te vi ayer.

—Pero eso fue como padres. No hemos tenido ocasión de charlar.

—¿De ponernos al día? —dice Louise con sarcasmo.

—Si quieres decirlo así.

—Pero en realidad no es como empezar de nuevo, ¿no? Te pones al día con gente a la que conoces desde hace mucho. Será lo que hagamos en el futuro si nos separamos. «¿Qué tal te ha ido?» «Los niños bien, ¿verdad?» «¿Tienes buenas fotos de la graduación?» «Encantada de conocerte, Naomi.»

—¿Quién es Naomi?

—O Jenny, o Jackie. O como se llame. Tu nueva pareja.

—¿Y eso no te revuelve un poquito el estómago?

—No, la verdad es que no. Es que, si nos separamos, me gustaría que nos lleváramos todos bien.

—Ese *todos* incluye a tu nueva pareja, supongo. Russell o Nigel o Colin.

—Oh, mil gracias.

—Solo eran ejemplos de nombres.

—Una mierda de nombres.

—Podrían ser gente agradable. No le harías ascos a Russell Crowe. Ni a Colin Firth. Ni a Nigel... Kennedy.

—¿Nigel Kennedy?

—Nigel... de Jong, entonces.

—¿Quién es?

—Un futbolista holandés al que deberían haber

expulsado en la final del Mundial. Le dio una patada a un jugador español en el pecho. Justo aquí.

Se señala el pecho.

—Fue una agresión terrible.

—No me lo estás vendiendo muy bien —dice Louise.

—Estoy seguro de que no es así en su casa.

—De todas formas no piensas en gente así. Te imaginas a directores de banco de las afueras de Londres.

—Nada que objetar a los directores de banco. Nos vendría bien tener uno en la familia. Y como mi solvencia es un problema, creo que no deberías menospreciarlo.

—¿Podemos no hablar de mi próxima pareja?

—Hablemos de la mía, entonces. ¿Qué hace Naomi, por curiosidad?

—Naomi… Um. No se me ocurre nada.

—Pues elígeme otra. Jenny. ¿Qué hace Jenny?

—Acaba de abrir su propia cafetería.

Tom pone una cara como diciendo: «No está mal. Lo veo».

—Vas allí a trabajar todos los días, la conoces cada vez mejor y… lo demás es historia.

—Bueno, historia futura, de todos modos. Historia especulativa. Un nuevo género literario.

—Oh, y le encantan los niños, pero se le pasó el arroz porque estuvo demasiado tiempo con un tío que no se decidía, y ahora es demasiado tarde.

—¿Por qué es demasiado tarde?

—Porque ella es mayor.

Tom niega con la cabeza.

—No me estarás encasquetando a la vieja Jenny.

—Ya estás cerca de los cincuenta.

—Jenny no.

Louise se ríe.

—Los hombres mayores siempre se emparejan con mujeres más jóvenes —dice Tom—. Rod Stewart. Mick Jagger. Rupert Murdoch. Nelson Mandela.

—¿Y qué tienen ellos que no tengas tú? Están disfrutando de la conversación. Se divierten y están animados.

—Es más bien lo que yo tengo y ellos no tienen. Soy más joven que todos ellos.

Louise lo mira.

—Yo diría que te estás adentrando en terreno pantanoso.

—Sí, ya lo sé.

—O sea, si tuvieras hijos, aunque eso podría ser... En fin, si los tuvieras, todavía valdrías para jugar al fútbol en el jardín trasero. Pero, en cuanto a lo demás...

—Seguro que se me da mejor la informática que a Rupert Murdoch. Él no sabría usar Spotify.

—Él tendría empleados.

—No le permitirían utilizarlos en una competición.

–Me parece justo.

–Además, machacaría a Murdoch en tenis. Tengo la ventaja de la altura y también la de la edad.

–Deberías desafiarlo. Zanjar el asunto de una vez por todas. Estoy segura de que aceptaría si le explicases que necesitas derrotarlo para demostrar que tienes derecho a una segunda mujer más joven.

–Además podría preguntarle también si ha oído hablar de Stormzy. Solo por hurgar en la herida.

–Oh, lo sabría todo sobre Stormzy.

–¿Cómo?

–Los niños. Una mujer mucho más joven. Varios tabloides y unas cuantas cadenas de televisión.

–Tampoco podrá consultar. No sé si nos estamos desviando del tema en cuestión.

–¿Y cuál es?

–Bueno –dice Tom–. Quizá deberíamos hablar de este matrimonio en lugar de los futuros. O en lugar de Rupert Murdoch.

–A mí me parece que cuanto más nos desviamos más contentos estamos.

–Curioso, ¿no?

–Pues no, la verdad. Un matrimonio que no funciona es deprimente y absorbe mucho tiempo. Imaginar un futuro con Jenny la de la cafetería y Nigel el banquero es muy liberador.

–Pero siempre se puede imaginar un futuro más llevadero que la vida que tienes ahora.

–¿Vivir solo es tan divertido como pensabas? –le pregunta Louise.

–Nunca pensé que lo fuera.

–Pues claro que lo pensaste. Todo el mundo lo hace. Todos los adultos con pareja e hijos se imaginan un piso vacío, que no esté patas arriba, con una alfombra roja en la que no haya manchas de Coca-Cola por todas partes, una cama de matrimonio enorme para ti solo, un mando a distancia que no esté envuelto en cinta adhesiva, cajones que no estén llenos de porquerías...

–Podríamos intentar lo de los cajones...

–... un inodoro que no esté manchado de amarillo o marrón porque nadie levanta nunca la tapa ni usa la escobilla, un pasillo que no esté lleno de zapatillas de deporte tiradas y de bicis que nadie se molesta en arreglar, de puertas que no se pueden cerrar con llave porque las llaves se han quedado en el cerrojo, aire sin olor a pedos y, en el caso improbable de que te pedorrees, tu indiscreción no será recibida con carcajadas. Oh, silencio. Me gustaría vivir en un lugar silencioso, sin que suene hip-hop en el cuarto de baño y sin que nadie le grite a un videojuego...

–Yo ya no lo hago ahora que he mejorado en el *Call of Duty*, conque...

–Donde nadie se esté quejando de la calidad del wifi, como si yo hubiese optado por la tarifa barata, ni haya que limpiar vómitos de gato...

Tom se distrae con algo que ve por la ventana.

–Ay, ay. Una pareja nueva.

Una pareja de setentones sale de la casa de Kenyon.

–Madre mía –dice Louise–. ¿Para qué molestarse? Si todavía tenemos problemas cuando lleguemos a esa edad... Bueno, no llegaremos. Yo moriré mucho antes.

–Puede que sea el momento.

–¿Por qué?

–Bueno. Por lo de morir solos y todo eso. Es algo muy probable.

–¿Piensas en eso?

–Vivo de okupa con tres estudiantes de Ciencias de la Información –dice Tom–. Por supuesto que pienso en morir solo.

–¡No me habías dicho que era una casa okupa! Oh, Tom.

–¿No podemos hablar de eso en otro momento? Creo que esto es importante. Tú debes de ver continuamente a gente que va a morir sola.

–Casi todos mueren en el hospital rodeados de encantadoras enfermeras polacas. Tú ni siquiera vas a tener eso.

–¿Por qué no?

–Porque votaste para que expulsaran a todas las enfermeras polacas –dice Louise–. ¿Por qué solo te refieres a ti con lo de morir solo? ¿Qué pasa conmigo?

–A ti no parece importarte. Además, en realidad no es por la muerte en sí. Es por el año o los dos años anteriores.

Louise levanta su copa.

–Por un ataque cardiaco.

Tom imita el brindis.

–O un accidente de tráfico.

–¿Alguna vez has hecho un pacto con alguien para tener un hijo?

–No lo sé seguro –dice Tom con cautela.

–Yo hice uno con Neil. Cuando los dos éramos solteros. Acordamos que, si no teníamos pareja a los treinta y cinco años, él me dejaría embarazada.

–¿De la manera normal?

–Sí, de la manera normal.

–¿Neil Parker? ¿Tu viejo amigo de la universidad?

–Sí, Neil Parker.

–¿Ibas a acostarte con Neil Parker?

–Para quedarme embarazada.

–O sea que hay otro. Joder.

–¡No! ¡Ahí está el asunto: era mi último recurso!

–Dios –dice Tom, abatido–. El puto Neil Parker.

–Escucha, olvida la parte sexual. La cuestión es hacer un pacto de muerte en vez de uno de procreación. Si parece que vamos a morir solos, empezamos a vivir juntos. O nos vamos a la misma residencia de ancianos. O algo así.

–Estupendo. Al menos esta semana podemos llevar algo positivo a la sesión. Un pacto de muerte.

85

–Yo creo que es positivo. Demuestra buena voluntad.

–No era lo que esperaba cuando me compré la camisa y me corté el pelo.

–¿Qué esperabas?

Tom se encoge de hombros con un gesto de impotencia. Louise mira el reloj, apura su copa, se levanta. Tom sigue su ejemplo.

–¿Cómo se empieza de nuevo –dice Louise– cuando llevas mucho tiempo con tu pareja y tenéis hijos y lleváis muchos años irritándoos mutuamente? Pero si dejáis de ser irritantes ya no sois vosotros mismos.

–Mi mensaje era yo sin ser del todo yo.

–Exactamente.

Se encaminan hacia la puerta.

–Así que he conseguido seguir siendo yo.

–Sí.

–Y al mismo tiempo he sido distinto, en cierto modo.

–Es un misterio.

Llegan al cruce.

–¿Puedo preguntarte algo? –dice Tom.

–Desde luego.

–La cafetería de Jenny… ¿Crees que va bien?

Habla en serio. Quiere saberlo. Louise se lo toma en serio.

–Está empezando, pero hay indicios prometedores –dice ella–. Un montón de madres de la escuela de primaria empiezan a visitarla y se corre la voz.

–Así que seguramente tendré que buscar otro sitio donde trabajar.

–Puede.

–Nigel no tiene por qué ser director de banco, ya lo sabes.

–Bien. Es lo más generoso que me has dicho nunca.

Han llegado al portal. Louise pulsa el timbre y el momento de armonía se mantiene.

Séptima semana
Llama a la comadrona

Tom está sentado con su pinta en la mesa de siempre haciendo un crucigrama. A Louise la espera su bebida. Tiene el crucigrama impreso en un folio A4 y algunas partes se han mojado por la mesa del pub. Le resulta difícil rellenar una de las definiciones y suelta juramentos.

–Puto papel.

Louise entra en el pub, se acerca, se sienta y da un gran sorbo de vino blanco.

–¡Mucho mejor!

No hay respuesta. Ella espira, exhausta. Todo indica que ha tenido un día difícil, pero Tom no lo pilla.

Louise señala con un gesto el crucigrama.

–¿De quién es hoy? –dice.

–De Arachne.

–Parece que te va saliendo.

–No voy mal. Solo que detesto hacer el crucigrama en una puta hoja de papel. Siempre se mojan o se arrugan.

–¿Por qué lo has impreso? ¿Por qué no lo haces en el periódico?

–Porque el periódico lo tienes tú.

–¿Lo dices en serio?

–Ya sabes que lo tienes tú.

–¿Por qué no compras otro?

–Porque ahora cuesta dos libras. O sea que serían cuatro libras al día.

–Pero no son cuatro libras al día porque estamos separados. No vivimos juntos. Es como si sumaras todo el dinero que tus amigos se gastan en *The Guardian* y dijeras que son cincuenta libras al día.

–Seis, más bien –dice Tom con tristeza.

–Oh, por el amor de Dios. Tienes cientos de amigos. Montones de amigos. Pero te estás desviando del tema. Puedes permitirte comprar otro periódico.

–Me parece un gran paso.

–Pues no lo es.

–Como verme obligado a abandonar mi casa.

–¿Y qué opinas de esto? Si volvieras, no tendrías que comprar un segundo periódico.

–¡Jesús! Yo solo estaba hablando del crucigrama y ya hemos vuelto a lo mismo. ¿No te cansas de nuestro matrimonio?

–¡Sí! ¡Claro que sí! ¿Que si me canso? ¡Estoy hasta la coronilla! Pero ¿cómo evitarlo si estás ahí sentado quejándote de que no puedes permitirte comprar un periódico?

–No me estaba quejando. Solo he dicho que no estoy preparado para dar ese paso.

–¿Un paso simbólico?

–Si quieres.

–No. No quiero. Preferiría que te comprases el periódico –dice Louise–. Lo que quiero decir es que, desde que he llegado, has estado hablando de nuestro matrimonio por medio del crucigrama.

–¿Solo porque he dicho que no me gusta hacerlo en una hoja de papel?

–¿Nunca has oído hablar del subtexto?

–Ves demasiadas cosas en esto. Como decía mi madre cuando yo intentaba hablarle de Bob Dylan.

–¿Y tu madre tenía razón o no?

–Ella entonces no, pero yo ahora sí. A veces un crucigrama no es más que un crucigrama. Y no puedo escribir bien cuando el papel se moja.

–La conversación podría haber seguido una dirección totalmente distinta.

–¿Por ejemplo?

–Podrías no haber mencionado el papel mojado –dice Louise.

–Bueno, obviamente no lo habría hecho si hubiera sabido que quejarse del papel mojado y de los hoyitos de la mesa...

–Oh, créeme, sé que no es una queja frívola...

–Si hubiera sabido que quejarse del papel mojado...

–Y de los hoyitos...

—Iba a ser la primera escena de una película de Bergman.

—Rebobinemos.

Para perplejidad de Tom, Louise se levanta y sale del pub. Él espera un momento, pero ella no vuelve inmediatamente. Tom sigue con el crucigrama y ya no mira a la puerta cuando Louise entra y se sienta. Coge su copa de vino y da un gran trago.

—Lo necesitaba.

Tom sonríe, inexpresivo. Louise exhala ostentosamente. De repente, Tom encuentra una respuesta, trata de escribirla y al instante le frustra la raspadura del boli sobre las manchas y la mesa.

—Puto papel.

—Dios bendito.

—¿Ya me he equivocado? —dice Tom.

—¡Sí!

—¿En qué?

—Quería que me preguntaras qué tal me ha ido el día.

—¿Cómo querías que lo supiera?

—Bueno, de entrada, muchas veces es el modo de empezar una conversación, ¿no? Entre compañeros. «Hola. ¿Cómo te ha ido el día?»

—Entendido.

—Y, en segundo lugar, te he dado todas estas pistas. He dado un trago de vino y luego he exhalado fuerte y…, bueno. Da igual. Tu versión nos lleva

94

al problema de los dos periódicos en cuestión de dos segundos.

Louise mueve la cabeza.

–¿Cómo te ha ido el día? –dice Tom.

–Demasiado tarde. ¿Te has fijado en que parece que solo podemos hablar de los últimos segundos?

–No es verdad.

–Empezamos a hablar, uno dice lo que no debe y nos pasamos el resto del tiempo comentando eso que ha dicho.

–Sí. Es lo que ocurre en la sesión de terapia todas las semanas.

–Pues sí. Salimos exactamente en el mismo punto en que entramos.

–O, normalmente, un poco más atrás.

–¿Qué ocurrió la semana pasada? –dice Louise.

–No me acuerdo. Tuvimos aquí aquella conversación sobre los nombres de nuestras nuevas parejas, nos lo pasamos bastante bien...

–Kenyon nos preguntó cómo había ido la semana.

–Siempre lo hace...

–¿Y después?

–¿Discutimos sobre lo que cuesta la medicación del gato? ¿O eso fue la semana anterior?

–La semana anterior –dice Louise–. ¡Ya sé! *Llama a la comadrona.*

–Ah, sí.

–No nos sirvió de mucho, ¿eh?

–A mí me pareció útil.

–¿En qué sentido?

–Kenyon te interrumpió un par de veces para que me dejases terminar. Antes nunca me dejabas hacerlo. Así que aprendimos el valor de la terapia y los espacios seguros.

–Solo te interrumpo cuando estás hablando de *Llama a la comadrona*. Y es porque aborreces la serie infinitamente. Sabes que a mí me gusta. Me relaja –dice Louise.

–Pues no debería.

Louise se ríe, incrédula.

–¿No debería?

–No. ¿Por qué no te relajan las películas de Preston Sturges?

–¿Cuál de ellas?

–*Los viajes de Sullivan* –dice Tom, impaciente.

–¿Puedo confesar algo?

–Si es razonable.

–En realidad no me gustan las películas en blanco y negro. O sea, admito que algunas son buenas. Pero... tienen algo que te hace sentir un poco como si estuvieras comiendo verdura.

Tom se queda atónito.

–¿*Perdición*?

–Sí.

–¿*El halcón maltés*?

–Sí.

Tom empieza a pensar.

–*¿Jules y Jim?*

–¡Sí!

Tom sigue pensando.

–Me preocupa que vayas a nombrar todas las películas en blanco y negro que se han hecho, y yo vaya a decir que sí a todas.

–Oh, Dios mío –dice Tom–. La verdad, no lo sabía.

–Perdona. Es que... no soy crítica. Me gusta lo que me gusta.

–«Me gusta lo que me gusta.» Nunca pensé que podría acabar con alguien que dice eso en serio.

Mueve la cabeza.

–El problema es que el matrimonio es como un ordenador. Puedes despedazarlo para ver lo que hay dentro, pero luego te quedas con un millón de piezas.

Louise suspira, asiente desesperada y luego se repone.

–¿Qué tal esto? –dice–. Volvemos a guardar las piezas grandes, tiramos las pequeñas, lo cerramos y seguimos adelante.

–Pero no funcionará.

–No funcionará, pero parecerá un ordenador.

–¿Es eso lo que quieres? ¿Un matrimonio que parezca un matrimonio? ¿Aunque no funcione?

–Bueno, sería un comienzo. Ahora mismo tengo un marido que no se acuesta conmigo y que vive en otro sitio. Es como decirle a todo el mundo que estoy casada con Brad Pitt.

–Sí, bueno, buena suerte para conseguir que vea *Llama a la comadrona*.

–No tiene por qué verla. Basta con que no esté repitiendo todo el rato lo mucho que la odia.

–Yo tuve que verla.

–Una vez. Y solo porque te estuviste cachondeando de la serie sin haberla visto.

–Entonces él tendrá que verla una vez.

–Y si la ve seguro que respetará mi diversión y no hará como que vomita todo el tiempo.

–Hemos vuelto a desviarnos.

–Vamos a hacer un par de líneas del crucigrama antes de irnos. Un ejercicio para levantar la moral.

Mueve su silla para sentarse al lado de Tom.

–Oh, mira –dice ella–. Veintisiete horizontal: «En las cartas, mejor doble; en la vida no siempre es tan fácil». «Pareja.»

–Muy fácil. No la había visto.

–Recuerda que jugamos en equipo, no para ganar. Dieciséis horizontal: «Capital ruso en viaje de placer se dispone a compartir cama».

–¿Estás eligiendo adrede palabras sobre el matrimonio?

–¡No! Y *compartir cama* no significa «matrimonio». Como bien sabemos. Pero elige otra línea. Una horizontal. Nos hace falta. «Planta acuática que quiere mucho.»

–Empieza por *a* y termina por *a* también.

–*Planta acuática* es *alga*...

–«Amalgama.» *Alga* en *ama*.

–Con la *m* de *mucho*. Ya está. La moral levantada. El equipo rehecho.

Louise coge el bolígrafo y escribe la palabra.

–Mierda. Está todo mojado y arrugado. Es un fastidio.

Tom la mira.

–Vamos a planificar la sesión de esta tarde –dice ella–. No vamos a entrar y ponernos a discutir sobre alguna bobada totalmente irrelevante. Entremos con un orden del día. ¿Qué piezas grandes queremos reponer en el ordenador? Ni siquiera sé si los ordenadores tienen piezas grandes.

–Deben tenerlas. Baterías y... válvulas. Microchips no, que son pequeños. Mañana podría desmontar el ordenador que tenemos estropeado. Me lo llevo después de cenar con los niños.

–¿Y vale la pena que pierdas el tiempo con eso?

–Tanto como con cualquier otra cosa.

–Odio que estés sin hacer nada.

–Gracias.

–Quiero decir... Lo comprendo. Pero también es vergonzoso.

–Oh.

–Y nos afecta a los dos. Perdona. Pero, si no lo decimos sin rodeos, ¿qué sentido tiene? ¿Todavía no has empezado esa biografía?

–Sigo documentándome. Quizá tenga que ir a Cabo Verde.

–¿Es donde nació ese tío? ¿Cómo se llama?

–Horace Silver.

–Creía que al final te habías decidido por otro.

–No fue la decisión final.

–Así que Horace Silver nació en Cabo Verde.

–No. Su padre.

–¿Vas a ir a Cabo Verde porque su padre nació allí? ¿Cuántos ejemplares va a vender ese libro?

–Oh, ni siquiera los suficientes para pagar el vuelo. Así que... Sí, es caro e insensato. Probablemente no iré. Probablemente tampoco escriba el libro. No sé por qué digo todas estas chorradas.

–Para animarte. Es comprensible.

–No sé muy bien si me animará. El mundo ha cambiado. Nadie quiere ya gente que escriba sobre música. No es rentable. Los tiempos han cambiado. Soy como un minero, o como un herrero. ¿Es vergonzoso, vivir con un herrero en el paro?

–No es culpa tuya.

–Bueno, en parte sí. Tengo un título en Inglés, pero ¿podría ser profesor en algún centro o dar clases particulares? No. No es suficiente para mí. Tuve que investigar sobre las drogas gratis y los viajes a Los Ángeles con los gastos pagados.

–Sí. Inexplicable.

–Debería haberlo pensado mejor.

–No podías prever la aparición de internet. Como tampoco los herreros previeron los automóviles.

–Oh, deberían haberlo hecho –dice Tom–. Solo era cuestión de tiempo.

–¿Estás diciendo que eres más inteligente que un herrero?

–No exactamente. Pero me gustaría pensar que, si mi padre hubiera sido herrero y hubiera querido entregarme las llaves de su taller, le habría dicho: «No, papá. Esta época tiene los días contados».

–Vale. ¿Y qué habrías hecho entonces?

–No lo sé. Publicidad. Relaciones públicas. ¿En qué año estamos? ¿Y en qué lugar del país? Oh, creo que me habría marchado.

–Si consigues convencerme de que eres más inteligente que un herrero, ¿hasta qué punto de la armonía matrimonial nos llevaría eso?

–Solo me estaba defendiendo.

–No, no te defendías. Estabas atacando a los herreros por lo mal que eligieron.

–Tengo que disfrutar con lo que está a mi alcance. Atacar a los herreros es casi lo único que me queda.

Louise suspira.

–¿Piensas que deberíamos prescindir de Kenyon?

–Sí. Sí. Por supuesto. Todas las semanas. ¿Y tú? Estamos retrocediendo. Lo has dicho tú.

Tom ve salir de la casa de Kenyon a la pareja de septuagenarios. El hombre camina con especial dificultad. Tiene que pararse en medio del cruce.

–No es que vaya más rápido, ¿eh? –dice Tom.

101

–Kenyon se dedica a la terapia de pareja, no es una gurú de la forma física.

Ven a la pareja entrar en el pub. Louise y Tom se quedan mirándolos atentamente, hasta con impertinencia. La mujer señala una mesa desocupada cerca y el hombre arrastra los pies para llegar a ella y sentarse. La mujer se vuelve hacia ellos y sonríe.

–¿Cómo les va?

Tom la mira horrorizado.

–¿Qué?

–Con Kenyon –dice la mujer–. No pudimos evitar ver que llamaban a su timbre la semana pasada.

–¡Vaya! –dice Tom–. Eso es un poco… No sé, se supone que es algo privado.

Louise sonríe.

–Los hemos visto salir –dice.

–Habla por ti –dice Tom a Louise–. A mí no me interesan los asuntos ajenos.

–Nosotros creemos que Kenyon es muy buena –dice la mujer–. Llevamos años con ella, a temporadas. Exige tiempo, eso es todo. Hay que superar todas las heridas y los pequeños incordios. Pero ustedes son jóvenes. Tienen todo el tiempo por delante. Son afortunados. En fin. Buena suerte.

Cruza los dedos por ellos y se dirige a la barra. Tom la sigue con la mirada. Louise recoge sus cosas y se levanta.

–Qué cariñosa, ¿no crees? –dice, ya fuera del pub–. Como en una película. Una anciana que da buenos consejos a una pareja más joven y salva su matrimonio.

–Esa sí que es una película en color. Bueno. ¿Has oído lo que ha dicho? Años y años. Heridas e incordios.

–Pero quizá nosotros podamos avanzar más rápido –dice Louise.

–No al ritmo que vamos. No con *Llama a la comadrona* y los folios A4 y demás. Estaremos ahí cincuenta años.

–Pues empecemos ya.

–¿Qué quiere decir eso?

–Que hablemos claro.

–¿No más subtexto?

–No más subtexto.

Tom hace como que se remanga la camisa.

–Vale, venga –dice–. ¡Adelante!

Octava semana
Delfines

Tom está en la barra, pidiendo la ronda habitual. Louise está sentada en el sofá del pub porque su mesa de siempre está ocupada. Tom no la ha visto y ella ya tiene una copa de vino blanco y una pinta de bitter. Tiene buen aspecto. Se ha pintado los labios y lleva un suéter de escote amplio; hoy es ella la que se esfuerza. Cuando Tom recoge las copas y se dirige hacia la mesa habitual, ella le hace señas. Él se acerca, se sienta y deja la segunda copa de Louise.

–Ah. Bien.

–No te preocupes. No tienes que beberte las dos.

–Hola –dice ella, con dulzura.

–Hola.

Él la mira. Ella vuelve a sonreírle.

–No has empezado... No tendrás una cita después, ¿no?

–¡No! –dice Louise–. He pensado que... después de la última sesión...

–¿Qué parte?

–Cuando me dijiste que no era sexy.

–Yo no dije eso.

–Sí lo dijiste. Lo volví a escuchar para asegurarme.

–¿Qué? ¿Cómo?

–Grabo las sesiones.

–¿En serio? ¿Grabas las sesiones y luego las escuchas?

–Sí –dice ella–. Puse el móvil encima de la mesita antes de la segunda sesión. Kenyon preguntó si estabas de acuerdo y dijiste que sí.

–Ah. Ya. Creí que me preguntaba si estaba de acuerdo con que pusieras el móvil encima de la mesita.

–Eso habría sido raro.

–No tanto como grabar las sesiones. ¿Cuándo las escuchas?

–Me vienen bien cuando saco a pasear al perro. La verdad es que son fascinantes.

–¿Como una especie de drama radiofónico de la BBC?

–Sí. Solo que algunos trozos no son creíbles. En plan, esas dos personas no estarían nunca juntas en la vida real.

–Pero eso es lo bonito de la vida real, ¿no? Sí que nos juntamos.

–Sí, me di cuenta. Y estamos donde estamos. Lo que quiero decir es que quizá no haya sido una buena idea.

–No..., quizá sobre el papel no. Pero el mundo

real es fantásticamente imprevisible. Y aquí estamos, con dos hijos maravillosos. ¿Querrías que se esfumaran?

—Claro que no —dice Louise—. Pero quizá deberíamos haber tenido dos hijos maravillosos con otras personas.

—O sea, ¿cuatro hijos maravillosos? ¿Que ni siquiera se hubiesen conocido entre ellos? Se me parte el corazón al pensarlo.

—¿Por qué iba a importarte que se conocieran entre ellos o no?

—Porque serían... Serían como medio hermanos.

Louise se ríe, incrédula.

—A lo mejor no todos eran chicos. Y no tendrían absolutamente ningún parentesco.

—Espiritualmente, yo creo que sí.

—O sea que piensas que nuestros hijos están emparentados con los de..., ¿cómo se llama tu ex? ¿Sinead?

—No, claro que no.

—Pero podrías haber tenido hijos con ella.

—Nunca nos lo planteamos.

—Entras y sales de mundos de fantasía según les conviene a tus argumentos.

—Lo que pasa es que me pongo más sentimental con los hijos que nunca he tenido contigo que con los que nunca he tenido con ella. Soy así de romántico. Así que dispara. ¿Por qué empezamos una relación si era tan improbable?

Louise medita un momento la respuesta.

–Porque estaba atravesando una época de sequía –dice.

Tom se queda en shock.

–¿Por eso? –dice.

–Me has preguntado por qué empezamos, no por qué seguimos juntos. ¿Acaso tenías proyectos a largo plazo la noche que nos conocimos?

–Pues sí. Pero el largo plazo se volvió corto muy pronto.

–¿Estás insinuando que yo era fácil?

–Agradable, diría yo, más que fácil.

–¿No había plan, entonces?

–No, ninguno. Solo uno…, el de siempre.

–¿No es así como se juntan la mayoría de las parejas? ¿Se cansan de estar solas y luego todo se les va de las manos?

–Supongo que sí. A no ser que haya dinero de por medio. Aquella mujer de pechos enormes que se casó con el multimillonario… No sé si estaría cansada de estar sola.

–Y Jane dice que supo que iba a casarse con Charlie la primera vez que lo vio.

–Y hay personas que han sido amigas durante muchísimo tiempo antes de enamorarse –dice Tom.

–Y matrimonios de conveniencia.

–Pero, aun así. Como bien dices, mucha gente empieza por el sexo y a partir de ahí sigue adelante.

–Es como, no sé. Empezar en un nuevo puesto

de trabajo. Los días van pasando y veinte años después sigues ahí. Pero el primer día no lo sabes.

–No. De lo contrario te pegarías un tiro.

Louise lo mira.

–Si el trabajo fuera aburrido –dice él.

–¿Recuerdas algo de la primera vez que nos acostamos?

–¡Menuda pregunta! Sí. Desde luego.

–¿De verdad? Yo no.

–Yo tampoco.

–Nos decepcionó un poco, creo –dice Louise.

–Confiaba en que lo hubieses olvidado todo.

–Por eso quise volver a intentarlo. No me pareció justo juzgarte por aquella única vez.

–Ídem –dice Tom, a la defensiva.

–¿Qué hice mal yo?

–Estuviste un poco… apagada.

–Oh, ahora te acuerdas de todo.

–No recuerdo mucho. Solo que estuviste, en fin, en la media. Seis sobre diez. Seis y medio, quizá. Dos tercios, digamos. ¿Y yo?

–Bueno. Básicamente fue un salto nulo, ¿no? O un servicio nulo. Así que no creo que te pueda puntuar.

–¿Podríamos no hablar de eso? Fue hace casi veinte años. Hemos ido mejorando.

–Y luego dando vuelta atrás –dice Louise–. Como un crucero de placer.

–Quizá la trayectoria completa del sexo conyugal sea así. Salir a ver focas en las rocas y vuelta a casa.

—¿Salir a ver focas en las rocas?

—O delfines, o lo que sea.

—¿Cuáles fueron los años de los delfines?

—Ya me entiendes.

—Pues no, la verdad.

—Recuerdo grandes momentos exóticos antes de que nacieran los niños. Mesas de cocina y demás.

—¿La mesa de la cocina era el delfín?

—Sí —dice Tom—. Y la ducha. Y el jardín.

—¿Y no hicimos algo…? Oh, no. No lo hicimos.

—¿En qué estás pensando?

—En nada.

—No habrá sido algo reciente, ¿no? ¿Con tu amigo, quizá?

—No. Desde luego que no.

—¿Por qué «desde luego que no»?

—¿De verdad quieres que te lo cuente? —dice Louise.

—Sí y no. Quiero saber y estoy aterrado, las dos cosas al mismo tiempo.

—Fue solo sexo. Sin delfines ni focas.

—Ni los ojos vendados.

—¡No! ¿Por qué mencionas eso? ¿Es que has querido que me pusiera una venda en los ojos todos estos años?

—No… No, la verdad.

—¿No, la verdad?

–No los ojos vendados como tal.

–Si es difícil de describir, ¿igual puedes dibujarlo? Intentaré tejer uno, por si sirve de ayuda.

Tom le da un trago a su pinta.

–Debes de estar aburrida –dice con tristeza.

–¿Y tú?

–Tú primero.

–Ahora ya no es el momento de preguntármelo. No estoy aburrida en absoluto, te lo aseguro.

–¿Y si te hubiera preguntado hace un año?

–No lo hiciste –dice ella.

–Entonces ¿no vas a responder a preguntas hipotéticas?

–¿Por qué no lo decimos, simplemente?

–¿Qué?

–Que los dos nos aburríamos. Cada vez nos parecía menos importante, y tú lo dejaste estar y todo empezó a ir mal.

Tom no dice nada.

–¿No es así? –dice Louise.

–No.

–¿En qué me he equivocado?

–Nunca me aburría. Pero sí me sentía humillado.

–¿Humillado?

–Porque lo sabía. Sabía que estabas cansada. Lo notaba. Había... indicios. Y a mí me avergonzaba preguntarlo porque siempre me dabas con la puerta en las narices.

Louise parece afligida.

–Lo siento –dice–. Creía que sabía adónde iba esta conversación.

–Pero no es culpa tuya. Siempre estamos con idas y venidas. Soy aburrido, te aburres, me vuelvo más aburrido, tú te aburres aún más... Nuestra relación sexual es como un péndulo de Newton.

–Hasta ellos se paran –dice Louise con tristeza.

Tom está realmente sorprendido.

–¿Ah, sí? Pensaba que iba de eso, la cosa.

–¿Pensabas que no se paraban nunca?

–Sí. Pensaba que eran máquinas de movimiento perpetuo.

–Entonces ¿por qué no hay ninguna que siga moviéndose?

–Creía que la gente se hartaba del golpeteo o la despedían y tenía que cambiar de empleo.

–Tú sabes que no existen máquinas de movimiento perpetuo, ¿no? –dice Louise.

–No. No tenía ni idea.

–Si existieran, todos nuestros problemas de energía estarían resueltos para siempre.

–¿Cómo puede funcionar un coche con el golpeteo de un juguete de oficina?

–No es... Nos estamos desviando. Pero quizá es lo que esperamos que sea el matrimonio. Una máquina de movimiento perpetuo que nunca se queda sin energía. Pero tenemos hijos, una hipoteca, a tu madre, a mi padre, trabajo, paro... ¿Cómo no va a agobiarnos todo esto?

Le asoman unas pocas lágrimas.

–Cálmate.

Tom le agarra la mano y se la aprieta.

–No me lo merezco –dice ella.

–¿Por qué no?

–Porque te engañé y para justificarlo te dije que me aburría en la cama.

–Sí –dice Tom–. Y a eso hay que añadir mi depresión y mi desempleo.

–Oh. Sí. Soy una persona encantadora. Aburrirse no es lo peor del mundo.

–Pero la vida es larga, y solo hemos vivido un poco más de la mitad.

–Sospecho que solo es larga cuando no la disfrutas mucho.

–Así son las cosas. Te estoy haciendo un favor.

–El movimiento perpetuo y la relatividad en una breve conversación sobre el actual desastre de nuestro matrimonio –dice Louise.

–Oh, sí. Tienes que ser muy inteligente para descasarte de mí.

Ella sonríe mientras revuelve en su bolso en busca de un pañuelo de papel. Se suena la nariz.

–Hoy quiero hablar del futuro –dice Tom.

–Bien.

–De adónde se ha ido.

–Oh.

–No lo veo. Para mí solía estar claro. Caminaba derecho hacia él. Yo era como uno de esos obreros que apuntan al porvenir en un cartel de propaganda soviético. Brillaba y relucía y estaba lleno de... Bueno. No sé de qué estaba lleno.

–¿De trigales dorados, fábricas y tanques?

–Sí. Mi equivalente, al menos.

–¿Que era...?

–No me acuerdo.

–¿No te acuerdas del futuro?

–No.

Fuera del pub, cuando Tom y Louise cruzan la calle, la pareja de ancianos que visitan a Kenyon antes que ellos salen del portal.

–Se han pasado de la hora.

–¿Quién crees que ha sido el problema que los ha llevado a terapia durante años?

Se acercan a la pareja. Tom los saluda con un gesto cuando pasan. Caminan despacio, el hombre con dificultad. La mujer está llorando.

–Oh –dice Louise.

–¿Qué?

–Me pregunto si es porque él no está muy bien.

–¿En plan muriéndose?

–Quizá por eso necesitan ayuda ahora. ¿Te acuerdas de lo que nos dijo ella? «Ustedes tienen todo el tiempo por delante. Son afortunados.»

–Oh, joder. Lo que nos faltaba –dice Tom–. Kenyon pensará que nuestros problemas son minucias comparados con los de ellos. Estará molesta con nosotros.

–Pero al menos ellos saldrán adelante.

Han llegado al portal de la casa de Kenyon.

–¿Eso es el futuro? ¿Salir adelante?

–Me conformaría con eso –dice Louise–. Es el objetivo de todos los matrimonios, ¿no? No sé muy bien si hay algo más.

Tom llama al timbre y aguardan en silencio.

Novena semana
Sexo carcelario

Tom está solo, sentado a la mesa habitual del pub, con el crucigrama (y un periódico). Está contento, tiene más energía, los ojos le hacen chiribitas. Está resolviendo el crucigrama con cierta facilidad; escribe una respuesta tras otra.

–Venga, ¡adentro!

Aprieta el puño, Louise entra en el local y comprueba si Tom ya está allí. Sonríe cuando lo ve. Se acerca y se sienta.

–Hola.

–¡Bueno!, hola… –dice él, con toda la picardía de la que es capaz.

Louise sonríe abiertamente, casi con vergüenza. Hay algo distinto en cómo se tratan.

–¿Qué tal te ha ido el día? –dice Tom.

–Ha ido… Bien. La, um… La noche animó muchísimo el día.

–Lo mismo digo.

–Gracias por preguntar. En serio. No estoy siendo sarcástica, por cierto. De verdad. Gracias por preguntar. Estoy contenta por primera vez en meses.

—Bueno. Me alegro de haber cumplido con mi deber.

—Espero que no te haya parecido un deber —dice Louise con timidez.

—Desde luego que no. (Aunque, como has señalado varias veces, en realidad dentro del matrimonio lo es.)

Louise respira hondo.

—Vamos a intentar ser totalmente positivos —dice—. Anoche fue un auténtico avance, en las actuales circunstancias, y deberíamos celebrarlo.

—Estoy de acuerdo. He estado todo el día comentándolo en Twitter e Instagram.

Louise parece alarmada.

—¿Instagram? —dice.

Tom pone los ojos en blanco.

—Oh —dice ella.

—Aun así, creo que tuitearlo habría estado bien. ¿Te resultó... extraño?

—Tú primero.

—¿Por qué tengo que responder a mi propia pregunta?

—Vale —dice Louise—. Pero antes quiero hacerte otra.

—¿Sin relación con la extrañeza?

—En relación con el sexo y solo tangencialmente con la extrañeza.

—Venga.

122

–¿Fue…? ¿Lo disfrutaste?

–Sí. Muchísimo. Ahora responde tú a mi pregunta a la luz de esta información.

–No quería hacer el ridículo.

–¿Cómo ibas a hacerlo?

–Porque…, si hubieras dicho: «No, fue una completa pérdida de tiempo»… –dice Louise.

–¿Una completa pérdida de tiempo? Podría haber estado leyendo a Proust, supongo. Pero podría haberlo hecho en vez de cada experiencia sexual que he tenido en mi vida. O durante, incluso.

–Me refería a si hubieras expresado insatisfacción de algún modo.

–Ni la menor insatisfacción.

–Bueno –dice Louise–. Entonces, eso basta en el contexto de lo que a todos los efectos fue una experiencia sexual mutuamente gratificante.

–Bravo. Creo que has encontrado la expresión adecuada para describir cómo hicimos el amor ante un plantel de defensores del pueblo en el Parlamento.

–Me sentí rara.

–Yo un poco también.

–¿Estás de acuerdo?

–Sí. No se pareció en nada al sexo conyugal.

–No, ¿verdad? Fue un poco como me figuro que será el sexo después de estar en la cárcel.

–¿En la cárcel? –dice Tom–. A ver, ¿quién ha estado en la cárcel?

–Bueno. Tú más que yo.

–No creo que se pueda comparar. O has estado o no has estado.

–Bueno, los dos hemos estado en la cárcel, sexualmente hablando, aparte de mis...

–Errores.

–Sí. Y deberías saber que mis errores no fueron en absoluto... Bueno, no conmutaron la pena, ya me entiendes.

–No –dice Tom–. No lo entiendo.

–Si la sentencia de cárcel sexual la define el tiempo que has cumplido antes de..., en fin, antes de la liberación...

–La verdad es que no veo cómo se puede definir la cárcel de otro modo.

–Cuando estás en una cárcel sexual, la liberación es también sexual.

La cara de Tom expresa que ha comprendido.

–Ah. –Está encantado–. ¿No hubo ese tipo de liberación?

–No. No se trataba de eso. Y, de todas formas, mi estado de ánimo tampoco era el mejor.

–¡Ja! Pues, entonces, las cosas adquieren un cariz totalmente distinto. Si me permites decirlo, para mí es un auténtico alivio.

–Me acosté con otro porque no me sentía muy cercana a ningún adulto. Estaba sola y no me sentía deseada.

Esta triste confesión no empaña el regocijo de Tom.

–Así que... no hubo fuegos artificiales –dice.
–No. No hubo fuegos artificiales. Solo ternura y consuelo.

Tom hace una mueca que sugiere que el cariño y el consuelo solo tienen un interés secundario.

–Pero, eso del sexo y la cárcel... ¿Por qué me habrían metido en prisión?

–Por nada malo –dice Louise.

Tom parece un poco decepcionado.

–Por definición tiene que haber sido por algo malo.

–Sí, pero por algo del tipo evasión de impuestos. O uso de información privilegiada. Algo así.

–Esa gente es de la peor calaña. Y además no es muy sexy.

–Tampoco lo son esos con todo el cuerpo tatuado que llevan quince años levantando pesas. Me daría miedo acostarme con uno de ellos.

–De entrada, también me parece bastante improbable que te cases con alguien así.

–Pero podría haberlo conocido en Tinder o en una de esas aplicaciones.

–Pues también veo improbable que hayas entrado en alguna, la que sea.

Pone una cara que pretende imitar a un malhechor violento y hambriento de sexo, y luego a Louise en el teléfono, con aire intrigado y deslizando para aceptar o rechazar.

–¿Cómo sabes que hay que deslizar a izquierda o derecha?

–Es de dominio público.

–No, para mí no –dice Louise.

–De todos modos, para que quede claro: fue buen sexo, sincero, sin intimidación, sexo de un evasor de impuestos, no de un homicida tatuado.

–Sí. Pero, en realidad, sin todos los defectos que se le presupondrían por lo de la sentencia de cárcel.

–¿Qué defectos se le presuponen al sexo de un evasor de impuestos?

–Una vez más, lo relevante no es la evasión, sino la puesta en libertad. Por tanto, los defectos obvios.

–Pues creo que los he evitado.

–Efectivamente.

–Eso pensaba. Pero está bien que me lo confirmes.

Dan un sorbo a sus copas y miran alrededor del pub. Por primera vez durante el ritual que precede a la sesión de terapia no tienen nada que decirse.

–Pero para ti... no fue solo sexo, ¿o sí? –dice Louise.

–¿Qué quieres decir?

–Sin sentimientos.

–¿Cómo va esto? ¿Crees que te elegí para una cana al aire sin sentido después de acostar a nuestros dos hijos?

–No, pero... No sé, me pregunté si yo era únicamente un cuerpo. Fue un poco como si..., no sé. Como si hubieras separado mi cuerpo de mi persona.

–Bueno, eso es el efecto de la cárcel.

–Supongo.

–Pero fue buen sexo.

–Sí –dice Louise–. Realmente bueno. Aunque, en cierto modo..., preocupantemente bueno.

–¿Ahora me sales con que no lo hicimos bien? Yo pensaba que cualquier clase de sexo era buen sexo.

–Sí, es lo que yo pensaba antes de ayer.

Tom lanza un suspiro de cansancio.

–Recuerdo –dice–, debió de ser un par de años después de que nacieran los niños, que te sentías gorda y poco atractiva...

–Gracias –dice ella, con sarcasmo.

–Oh, vamos, Louise. ¡Yo no pensaba que estuvieras gorda o fueras poco atractiva! ¡Eras tú la que pensabas que estabas gorda y eras poco atractiva!

–Continúa.

–Y después de hacer el amor me preguntaste si solo te deseaba porque te quería. No porque me gustaras.

–Sí. Era como me sentía entonces. Hace diez años. Y ahora me siento algo distinta.

–Y en estos diez años, a pesar de todo lo que tú, precisamente tú, sabes de la decadencia del cuerpo humano, ¿te has convertido en una Kim Kardashian?

–¿A qué te refieres?

127

–¿No es agradable ser un objeto sexual a los cuarenta? ¿No era lo que querías a los treinta, cuando te sentías gorda y poco atractiva?

–¿Tienes que repetir una y otra vez esas palabras?

–Ahora no estás gorda. Nadie podría decir que estás gorda.

Los dos se dan cuenta de la omisión al mismo tiempo. Louise es la primera en reaccionar.

–Y ¿poco atractiva?

–Ni poco atractiva.

–Has tardado demasiado en responder. Y además has admitido más o menos que estaba gorda en aquella época.

–Ahora no sé qué decir.

–Di solo lo que hay que decir y así no tendrás que arrepentirte luego.

–¿Qué tal si digo: cualquier sexo contigo es buen sexo? Nunca has estado gorda. Nunca has estado flaca. Siempre me has atraído.

Louise se queda pensativa. Como no ve objeciones, sigue hablando:

–El que hayas salido de la cárcel no me convierte en un... objeto sexual –dice–. Solo significa que yo estaba en el lugar adecuado.

–Detesto ser poco romántico, pero estar en el lugar adecuado es en gran medida la definición del sexo conyugal. Dejo mi libro, miro al otro lado de la cama y ahí estás tú.

–No es lo mismo. Anoche me sentí como una desconocida que está en el sitio adecuado.

–Pero… ¡hay mujeres que pagan un montón de dinero para convertir a su marido en un desconocido que está en el sitio adecuado!

Louise arruga la nariz con desagrado.

–¿Pagan a quién?

–Hablo de la terapia sexual y demás. ¿No es lo que dicen ellas? ¿Que el sexo tiene que ser raro? ¡Y funciona!

–Pero no por mucho tiempo.

Tom levanta los brazos con fingido desaliento.

–Vale. Me rindo –dice–. Dejamos de hacer el amor porque te aburrías y yo lo sabía. Y después, cuando volvimos a hacerlo, no estabas aburrida, pero no te gustaba que ya no fuera aburrido porque te hacía sentirte rara. Y ahora te quejas de esa inevitable ausencia de rareza si lo hacemos con más frecuencia.

–Comprendo que pueda resultar confuso. Pero no me gusta que digas «si» volvemos a hacerlo.

–¿No?

–No. En un mundo ideal, solo querría acostarme contigo.

–¡Guau!

–¿De verdad esto merece un «guau»?

–Dios, sí. No lo sabía. Es muy romántico, viniendo de ti.

–¿Sí? –dice Louise–. Lo del «mundo ideal» es una forma bastante buena de salir del paso.

–Ah.

–Porque tenemos que aceptar que este no es un mundo ideal.

–No. Pero ¿te refieres al mundo real o al nuestro?

–No me era imprescindible que el mundo real fuera ideal antes de aceptar la monogamia.

–Está bien saberlo. En fin. La cuestión es que no estabas expresando tanto como yo creía.

Tom mira por la ventana. La anciana que acude a la sesión de terapia anterior camina despacio por la acera de enfrente. No la acompaña su marido.

–Oh, mierda –dice Tom.

–¿Qué pasa?

–Está sola.

–Vaya por Dios. Seguramente él no estaba en condiciones de venir.

–Esperemos. De lo contrario…

–Quizá no tenga nada que ver con su salud. Quizá se hayan separado. Quizá él le haya dicho que ha llegado el momento de romper.

–O quizá ella anda follando por ahí. Estaría bien.

–¿Por qué estaría bien? –dice Louise–. Creía que no aprobabas la infidelidad.

–No apruebo la tuya. La de ella no me importa.

–¿Porque significa que todavía hay lucha?

–Sí, exacto. Demuestra que hay vida y que no hay nada seguro. No hay nada fijo. Me gusta eso. Además, a ella no la conozco mucho y me da un poco igual. Eso ayuda.

–Pero nada es irreversible, ¿no es eso lo que importa? –dice Louise–. Todavía se puede mirar alrededor en busca de algo disponible, tengas la edad que tengas.

–Pues claro.

–Creo que deberías volver a casa.

Décima semana
Una copa más

Tom y Louise entran juntos en el pub y se dirigen a la barra.

–No habíamos llegado al mismo tiempo ni una sola vez en las diez últimas semanas –dice Tom.

–Es un presagio –dice ella.

Tom pide una pinta de London Pride y un vino blanco seco.

–¿No son malos los presagios? –añade.

–¿No predicen solo cambios? Pues ya ves. Llegamos juntos al pub para nuestra última sesión.

Louise lo mira.

–¿Por qué es la última? –dice.

–He vuelto a casa. Hemos hecho el amor dos veces en los últimos ocho días. Solucionado.

–En primer lugar, cuando empezamos con Kenyon ni siquiera te habías marchado. Así que tu regreso nos devuelve al punto de partida. Y el sexo...

–No empieces con el sexo. Déjalo tranquilo.

Lo hacemos. No lo critiques. Es mi único logro de este año.

–Solo iba a decir que debería haberlo. Estamos casados. No somos viejos. Deberíamos practicarlo.

–Y lo estamos haciendo. Fuimos a terapia porque dejamos de acostarnos. Ahora lo hacemos. Hecho. Resuelto. Cambiemos de tema.

Cogen sus copas y se dirigen a su mesa habitual.

–¿Y qué ha sido de tu sentimiento de humillación? –dice Louise.

–Ha desaparecido. Hicimos el amor.

–¿Qué ha sido de tu amargura y tu cabreo por mi aventura?

–Ah, los he enterrado muy hondo. A lo sumo resurgirán en forma de dolencia física, infarto o cáncer.

Se sientan.

–¿Y crees que eso es sano?

–¿Que si creo que el cáncer o una enfermedad cardiaca son sanos? Pues no, no lo creo.

–Pero ¿enterrarlo todo y acabar desarrollando un cáncer sí te parece sano?

–Sí. Creo que sí –dice Tom, sinceramente–. A corto plazo, al menos.

–¿Y respecto a las otras cosas de las que hemos hablado en las sesiones?

–¿Por ejemplo?

–Tom, en las últimas semanas los dos hemos aireado más problemas que, que...

–Yo pensaba que te mencionarías algún proceso de paz. Oriente Próximo, Irlanda del Norte.

–Intentaba evitar los tópicos.

–A decir verdad, la mayoría de los procesos de paz tienen relación con un único problema. Nosotros tenemos mil. Así que no sé cuál sería la analogía correcta.

–En realidad, lo nuestro se reduce a uno solo –dice Louise.

–¿Cuál?

–Que estamos casados. Todo lo demás viene de ahí. Si no estuviéramos casados, no estaríamos discutiendo, no sé, sobre mi hermana. Te limitarías a decir: «¿Qué tal tu hermana?».

–En el caso de que supiera que tienes una hermana. Es más, en el caso de que te conociera a ti.

–Estoy suponiendo que seríamos amigos.

–¿Crees que lo seríamos?

–En las circunstancias adecuadas.

–Dímelas.

–No seas tan grosero –dice Louise.

–¿Por qué es grosero lo que he dicho?

–Sarcástico, entonces.

–Tú eres la que ha dicho que solo seríamos amigos si se dieran las circunstancias adecuadas. ¿Por qué es sarcástico preguntar cuáles serían? Yo suponía simplemente que seríamos amigos en cualquier circunstancia.

–No estabas suponiendo nada de eso. Lo único que querías es hacerme rabiar.

137

Tom lo piensa.

—Tienes razón —dice—. Es deprimente.

—¿El qué?

—Tú sabías que yo quería provocarte diciendo que no concibo que no fuéramos amigos. En otras palabras, estaba sugiriendo que lo que es cierto es justo lo contrario. Pero marido y mujer no tienen por qué ser amigos, ¿no?

—Eso había pensado yo, sí. Supongamos que la noche que nos conocimos no acabamos acostándonos —dice Louise—. Que tuvimos una conversación interesante y agradable, y que después cada uno se fue por su lado. Entonces ¿qué?

—Entonces ¿qué de qué?

—¿Habrías mantenido el contacto?

—Sí, por supuesto.

—¿Por qué «por supuesto»?

—Porque quería acostarme contigo.

—Deja el sexo al margen.

—¿Por qué?

—Porque en el universo paralelo que estoy describiendo tú y yo no nos atraemos.

—Oh —dice Tom—. Pues para empezar no te habría dirigido la palabra.

—¿Tan superficial eras?

—Estábamos en una fiesta. Teníamos veinte años. Recorres la habitación con la mirada y piensas: «Bueno, empezaré por allí». Y allí estabas tú.

—Entonces a ver qué me dices de esto: tenemos

un amigo en común que nos invita a cenar. Nos caemos bien. El amigo en común vuelve a invitarnos a cenar. Volvemos a caernos bien. La tercera vez que nos invita intercambiamos números de móvil y quedamos para tomar una copa.

—O sea que el sexo vuelve a estar presente.

—No.

—No te sigo.

—Estoy hablando de amistad. ¿Podríamos haber sido amigos si no nos hubiéramos acostado juntos?

—No lo creo.

—Gracias.

—La cuestión es que yo no tenía amigas como tú. Sigo sin tener ninguna amiga como tú. Cuando te conocí no tenías ni idea de por qué alguien le gritó «¡Judas!» a Bob Dylan.

—Ahora hasta sé el nombre del que lo hizo.

Eso complace mucho a Tom.

—¿De veras?

—Sí —dice Louise—. Keith Butler. Vive en Toronto.

Tom está realmente impresionado.

—Guau.

—Nos desviamos.

—Creo que yo no conocía a nadie que hubiese estudiado ciencias, y no digamos a alguien que dedicaría su vida a los problemas de salud de los ancianos.

—Casi ni conocías a gente que se lavara los dientes.

—Yo me los lavaba —dice Tom—. Aún lo hago.

–Lo sé. Pero ¿adónde quieres ir a parar con Keith Butler y la gerontología?

–¿No lo ves? Son lo que tiene de fantástico el sexo.

–¿En serio? ¿No eres capaz de pensar en nada más?

–Olvídate de Keith Butler y de los viejos. Estoy hablando de la atracción sexual. A veces queremos acostarnos con gente que no pertenece a nuestra misma... categoría.

–Sobre todo en tu caso –dice Louise–. De lo contrario solo te acostarías con hombres ligeramente malolientes con una nociva adicción a la maría y que solo ven la luz del día en la temporada de conciertos.

–¿Y qué me dices de Kim?

–O con una mujer ligeramente maloliente con una nociva adicción a la maría que solo ve la luz del día durante la temporada de conciertos.

–Muchísima gente la considera sexy.

–*Sexy* en este caso significa «que tiene un montón de discos antiguos».

Tom hace una mueca como diciendo: «¿Y qué otra cosa podría significar *sexy* si no?».

–Pero tú sabes a lo que me refiero –dice Tom–. No habríamos sido amigos. Pero nos acostamos juntos y descubrimos todas las cosas que teníamos en común y que nunca habríamos descubierto de otro modo.

–¿Por ejemplo?

–Los crucigramas.
–¿Qué más?
Hay una pausa.
–Los niños.
–No puedes poner a los niños en la lista –dice Louise.
–¿Por qué no?
–No compartíamos ese interés hasta que los tuvimos.
–Los dos queríamos tenerlos. Si hubieran sido perros y hubiéramos acabado con un par de cocker spaniels, lo habrías aceptado.
–Muy bien. Niños y crucigramas.
–Y me gusta tu forma de pensar. Nunca he conocido a nadie que piense como tú.
–¿Sobre qué?
Tom hace un gesto vago.
–El mundo. La ciencia. Cosas así.
–Eso es una tontería.
–Sí, me temo que sí.
–Te da igual cómo pienso.
–En realidad, sí –dice Tom, alegremente–. ¿La conclusión, entonces, es que no somos amigos?
–Esa forma de ver las cosas no ayuda demasiado. Estamos casados. Es diferente. Hemos creado una vida completa juntos a pesar de todo. Un lenguaje, una familia. Cierto entendimiento. Un conocimiento íntimo de todo lo relacionado con la otra persona. ¿Cómo llamarías a todo eso?

–Bueno, sé cómo lo llamaría Kenyon.

–Me temo que sí.

–Pero supongo que sí es eso, ¿no?

–Creo que podría ser –dice Louise.

–Um.

–Entonces ¿por qué es una respuesta tan insatisfactoria?

–Sé a qué te refieres.

–¿Sí?

–Hasta creo que sé por qué.

–Dilo.

–¿No te enfadarás conmigo? –dice Tom.

–No.

–Pues es amor, pero sin sentimiento, no sé si me entiendes.

–¡Exactamente!

–Oh, uf.

–¡Amor sin sentimiento! –dice Louise, emocionada–. ¡Eso es!

–No hace falta que muestres tanto entusiasmo.

–O sea, ¿por qué los niños están siempre diciendo: «¡Te quiero!», «¡Te quiero, mami!», «¡Te quiero, papi!»?

–Yo nunca les decía eso a mis padres.

–Bueno, seguro que hay un motivo. Pero ellos lo dicen continuamente.

–Yo creo que sí nos quieren. Pero muy en el fondo, quizá. No en la superficie, donde están los sentimientos vulgares.

–Entonces ¿cuando lo dicen es un sentimiento vulgar?

–No significa nada.

–¿Tú crees que por eso nosotros no nos decimos «te quiero»? –dice Louise.

–Puede. No lo decimos por decir. Lo reservamos para cuando importa.

–Además, nos amamos sin sentimiento.

–De todos modos, quizá deberíamos acostumbramos a decirlo. Sabemos que para nosotros no sería algo hueco. Sería un sencillo reconocimiento real del lazo que nos une.

–Me parece una buena idea.

Ninguno de los dos habla.

–Lo ponemos en la lista –dice Tom.

–Podría ser algo bueno que tratar con Kenyon.

–Pues sí.

–¿Sabes que tienes que seguir yendo a las reuniones de Alcohólicos Anónimos incluso después de haber dejado la bebida?

–Sí, claro. Tienen que seguir diciendo que son alcohólicos para siempre. «Me llamo Tom y llevo diez años sobrio.» Por cierto, yo no soy alcohólico.

–Eso lo dejamos para otro momento. Bueno, creo que nosotros somos un poco así.

–¿Cómo?

–Como «Nos llamamos Tom y Louise, y estamos en crisis permanente, a pesar de que vivimos juntos y tenemos vida sexual».

143

–Yo no pienso ver a Kenyon toda la vida.

–No. No me refería a eso. Pero creo que deberíamos reconocer que nuestro matrimonio es imperfecto. Vivimos sobre una fisura y la casa podría derrumbarse en cualquier momento.

–¿Y no hay nada que podamos hacer para evitarlo? Cuando empezamos dijiste que querías reconstruir toda la arquitectura de nuestro matrimonio.

–Lo recuerdo –dice Louise.

–Pero no es posible.

–No, ni siquiera pensaba que lo fuera. De lo contrario ya no sería nuestro matrimonio.

–No. Pero podría ser un lugar donde quizá quisiéramos vivir.

Louise ve salir de la casa de Kenyon a la pareja de ancianos.

–¡Mira! ¡Él sigue entre nosotros!

Tom sonríe abiertamente.

–Oh, qué bien. Me da bastantes esperanzas.

–¿Te apetece otra copa?

Tom mira a Louise, asombrado. Es como si Brigitte Bardot le hubiera ofrecido su cuerpo en 1963.

–¿Lo dices en serio?

–Sí. Vamos a emborracharnos.

–¿Y qué hacemos con Kenyon?

–Le enviaré un mensaje y le diré que hemos tenido una emergencia con los niños. Tú ve a pedir las copas.

144

Tom aún no consigue asimilar su buena suerte.
–No sé qué decir.
Se levanta y se dirige a la barra, pero luego vuelve donde Louise.
–Sí sé qué decir. Te quiero.
No lo dice en serio. Louise pone los ojos en blanco y empieza a buscar el número del móvil de Kenyon.

ÍNDICE